Bibliografische Information der Deutschen Nationalbibliothek:
Die Deutsche Nationalbibliothek verzeichnet diese Publikation in
der Deutschen Nationalbibliografie; detaillierte bibliografische
Daten sind im Internet über dnb.dnb.de abrufbar.
nennen:

© 2020 Fink, Anna
Herstellung und Verlag: BoD – Books on Demand, Norderstedt
ISBN: 9783751970358

Inhalt

Prolog
Violetta lüftet das Geheimnis über ihren Vater

18.12.2014

Violetta suchte nach einem Kugelschreiber und lief in das Büro ihres Vaters, der nicht zu Hause war und wo normal keiner rein durfte. Am Schreibtisch hob sie den ganzen Papierkram hoch und ließ es dann auch wieder fallen. Ihre Blicke wanderten auf das größere Blatt Papier sowie zu dem anderen Blatt Papier.

„Canberra.", sprach sie.

Sie sagte jeden Namen.

„Romana und Pia."

Sie erschrak vor diesen Namen. Violetta nahm sofort ein anderes Blatt. Auf dem Papier stand: „Alle Zeitreisegens müssen ermordet werden, da sie böse Dämonen sind und gefährlich." Violetta schüttelte den Kopf und konnte es nicht glauben. Unter dem Satz standen alle Namen der Ermordeten. Darunter Fritz Canberra. Sie sah wieder auf das Blatt.

„Romys Grandpa."

Nun fiel ihr Blick auf ein anderes Stück Papier. „Das ist das Schulhaus."

Auf einmal fiel ihr alles ein was sie mit Romy im Klassenzimmer erlebt hatte. Das Gift war das Gift mit dem ihr Vater Romys Grandpa ermordet hatte.

„Mein Vater ist ein Mörder. Romy."

Schnell rannte sie zu ihrem Handy und wählte Pias Nummer.

„Hallo Pia. Wo bist du?"

„Bei Romys Granny. Wir suchen nach Romy.", gab Pia zur Antwort.

„Pia fahrt zur Schule und ruft Mrs Ludder an."

„Warum?"

„Romy ist dort. Sie wird sterben, wenn ihr euch nicht beeilt. Um es kurz zu machen. Der Mörder wird sie umbringen."

Violetta legte auf, um nicht noch mehr zu hören, denn jetzt muss man Romy retten. Schnell nahm sie ihre Jacke und lief aus der Wohnung.

Kapitel 1
Von den Toten erwacht

Ich öffnete meine Augen und sah mich um. In meinem Zimmer bin ich gelandet. Wie bin ich hier her gekommen? Was ist geschehen? Jetzt fiel mir ein was passiert war. Ich war mit Lucas in einem Klassenzimmer. Wir beide haben geredet und dann waren wir eingesperrt. Momentmal. Was ist hier los?

„Wo ist Lucas?", fragte ich.

„Der ist im Krankenhaus.", gab Sam zur Antwort.

„Ich muss sofort zu ihm."

Ich stand auf und wollte los laufen, aber Sophie zog mich aufs Bett zurück.

„Du bleibst hier!", rief Sophie.

„Die Ärzte rufen an, wenn es ihm besser geht."

„Ich muss zu ihm. Er hat mir…"

Ich fühle mich verantwortlich für ihn wegen Tina. Sophie unterbrach mich.

„Romy, ich weiß du machst dir Sorgen, aber er lebt. Wär Violetta nicht gekommen, wärt ihr immer noch in dem Klassenzimmer eingesperrt."

„Violetta, Sophie?"

„Ja."

Nun verstand ich gar nichts mehr. Violetta soll geholfen haben, obwohl sie mich ins Verderben reiten wollte. Das gibt alles keinen Sinn. Granny kam mit einer Tasse Tee herein.

„Wie geht's dir mein Kind?", fragte Granny.

„Etwas besser."

„Trink diesen Tee. Er wird dir helfen."

Ich nahm die Tasse und einen Schluck. Alle drei starrten mich an.

„Wieso starrt ihr mich so an?", fragte ich vorsichtig. Sophie und Sam sahen sich in dem Moment gegenseitig an. Ihre Blicke waren total fürsorglich. Wieso machten sie das eigentlich?

„Romy.", fing Sophie an., „Du hättest tot sein können, aber wir sind froh, dass du so stark bist."

Hab ich schon wieder mal überlebt. Auch nicht schlecht. Bin ich eine Superheldin oder so.

„Und Romy du bist..."

„Etwas besonderes.", schnitt Sam Sophie das Wort ab. Ich sah sie nur an und begriff irgendwie nicht was sie von mir wollten. Mein Blick wanderte von ihnen zum Nachttisch. Dort lag mein Ring. Ich griff nach dem Ring.

„Vielleicht sollte ich mal…"

„Das kommt gar nicht in die Tüte. Du musst dich ausruhen, Kind.", sprach Granny.

Wow! Meine Granny sorgt sich um mich. Obwohl das scherzhaft gemeint war, bekam ich doch wieder… Nein. Ein Schwindelgefühl.

„Schlechter Zeitpunkt um nein zu sagen.", sagte ich und griff mir dabei an den Kopf.

„Romy!", riefen alle drei im Chor.

„Ich hab ein Schwindelgefühl. Da muss ich reisen. Außerdem könnt ihr mich nicht halten. Kann auch unkontrolliert springen. Sonst geht es mir so wie vor ein paar Wochen. Ich wollte nach Hause und lande voll ungeplant und unsanft vor Lady Church. Und ich hatte das hier nicht dabei.", entgegnete ich energisch.

Ich zeigte auf meinen Ring.

„Dann komm ich mit, denn du bist zu schwach, um

allein zu gehen.", redete Sophie.

Granny war immer noch dagegen.

„Kind du musst dich ausruhen und bleibst hier."

„Sophie du brauchst nicht mit. Ich will zu Tina.
Außerdem haben wir fast alle Zeitreiseringe. Das erste
Gen müssen wir noch finden bevor die Bande
zuschlägt. Granny…"

Mir verschwamm fast alles vor den Augen.

„Romana hat recht. Die Zeit läuft uns davon.",
dramatisierte es Sam noch mehr.

„Gut. Dann soll Sophie mit dir kommen.", sagte Granny
Kopf nickend.

„Okay."

Während Sie am Reden waren hab ich mir den Ring an
den Finger gesteckt und bin auf gestanden.

„Komm Sophie."

Sophie nahm meine Hand und drückte auf den Ring.

„Romana, wie lautet dein Passwort?"

„Durch Raum und Zeit zu reisen ist nicht schwer, denn
durch das Zeitreisen ist dir Macht gegeben.", gaben
Sophie und ich zur Antwort und lösten uns mit einem
rosanen Strahl in Luft auf.

Im Jahr 1998 landeten wir vor Tina. Sie saß an ihrem
Schreibtisch und schrieb etwas. Dass wir neben ihr gelandet waren, hatte sie noch gar nicht gemerkt. Ihr blondes
Haar wurde von dem Sonnenstrahl, der durchs Fenster
kam, angeleuchtet. Tinas Körper, sowie das Gesicht und
Haare sind wie meine. Kein Wunder, dass mich Lucas
ständig mit ihr verwechselte. Wie Zwillinge sehen wir aus.
Nur, der Haken ist, Tina wurde 1982 geboren und ich
1998. Eines gibt es noch, wir können uns nicht in der Zu-

kunft sehen, da Tina bei einem Unfall ums Leben kommt. Genau im Jahr 1997. Wann das sein wird? Weiß ich noch nicht. Die ganzen Canberras werden ermordet, also die einen Zeitreisering haben, genau wie Tina. Danach die anderen ohne Gen. Ich bin jetzt schon zweimal dem Tod entronnen. Das erste Mal bei der Hochzeit von Miss Mary Jane im Jahr 1770 nachdem mich ein Mann mit seinem Degen attackiert hat und das zweite Mal heute. Ausgerechnet mit Lucas war ich in einem Klassenzimmer eingesperrt. Immer retten mich meine Familie und Freundinnen. Aber welchen Zusammenhang hat Violetta mit dem Ganzen. Versteh ich irgendwie nicht. Egal jetzt. Bin ja jetzt bei Tina und Sophie passt auf mich auf.

„Hallo Tina."

Tina zuckte zusammen.

„Meine Güte hast du mich erschreckt!", rief sie als sie mich sah.

„Und wie viele Ringe hast du schon?"

„Bis zum Gen das 1742 geboren wurde alle. Es fehlt nur noch Louise-Marie von Preußen."

„Du hast ja schon viele. Wieso bist du so blass?"

„Romana und Lucas waren in einem Klassenzimmer eingesperrt und wären fast um gekommen."

Danke Sophie, dass du für mich redest. Ich hätte es nicht besser über meine Lippen gebracht und fühle mich auch eigentlich schwach, um darüber zu reden. Sonst rege ich mich nur wieder auf.

„Das ist ja schrecklich. Da hattet ihr Riesenglück. Sicherlich war es die Bande, denn die gibt keine Ruhe bis sie alle von uns ausgelöscht haben."

„Es war schon der zweite Versuch mich um die Ecke zu bringen.", sprach ich.

Sophie schluckte bei diesen Worten und ich sah deutlich, dass sie es schrecklich findet, aber hat sie Angst um mich? Wieso eigentlich? Vorher war sie nur meine Englischlehrerin. Nachdem sie ihre Erinnerungen wieder hatte und wir uns gestritten hatten vor einigen Tagen war sie etwas sauer auf mich, aber hatten uns schnell wieder versöhnt. Sophie ist meine Tante und Tinas Mutter. Auh. Mein Kopf fing an weh zu tun. Vielleicht ist es besser, wenn ich mich wieder ins Bett und mich ausruhe. Sowie es Granny sagte.

„Sophie, wir sollten zurück."

„Du musst den Schock noch verarbeiten. Komm einfach wieder, wenn du den letzten Ring hast.", sprach Tina.

Ich nickte.

„Gehen wir."

Nun drückte ich auf meinen Ring. Wenige Sekunden später lösten Sophie und ich uns in Luft auf. Beim Landen musste mich Sophie auffangen sonst wär ich umgefallen wie beim Ohnmächtig werden.

„Danke!"

„Kein Problem. Du bist schwach. Leg dich hin und schlaf. Wenn etwas ist ruf einfach. Bin unten bei Granny."

„Könntest du bei mir bleiben?"

Sophie holte tief Luft.

„Na klar."

Ich legte mich ins Bett. Auf mein Kissen ließ ich mich plumpsen. Ich streckte meine Hand aus und nahm Sophies Hand nachdem sie sich auf die Bettkante gesetzt hatte. Sie lächelte mich an und ich schloss meine Augen. Sofort schlief ich ein.

Ich fing an langsam mit meinen Augen zu blinzeln. Es war dunkel in meinem Zimmer. Erschrocken fuhr ich hoch und machte Licht. Ich stand auf und lief aus meinem Zimmer, nachdem ich die Tür geöffnet hatte. Der Gang war auch dunkel. Ich ging einfach zur Treppe und hinunter. Unten war es genauso dunkel. Wo sind denn Granny, Julia, Nil, Sophie und Sam? Wie Sophie und Sam sind zusammen hier? Anderer Gedanke. Ich fing an im Esszimmer zu suchen. Unten war ich dann zum Schluss im Arbeitszimmer von Grandpa. Auf einmal klingelte die Uhr und ich blickte darauf. Von dem Licht der Laterne, die durchs Fenster schien, konnte ich die Ziffern erkennen. 3Uhr morgens. Wo ist Granny? Schnell rannte ich die Treppe hoch und in das Schlafzimmer von Granny.

„Granny, Hilf mir.", rief ich.
Granny schoss sofort hoch und machte Licht. In ihrem Schlafanzug sah sie immer aus wie eine noble Dame.

„Was ist mein Kind?"

„War das ein Traum was passiert war heute?", fragte ich.

„Was mein Kind? Setz dich doch erstmal hier hin."
Ich setzte mich auf die Kante des Bettes.

„Das mit Sophie und Sam und das in dem Klassenzimmer."

„Das was heute passiert ist, war echt."

„Heißt das ich hab nicht geträumt, dass Sophie und Sam bei mir im Zimmer waren."

„Sie waren bei dir im Zimmer. Sophie war nachdem Zeitsprung noch bei dir bis du tief und fest eingeschlafen bist. Sam, Julia, Nil und ich waren im Wohnzimmer und haben gewartet bis Sophie kam. Sam wollte dann nur wissen wie es dir geht. Danach ist er gleich gegangen. Kurz darauf auch Sophie."

„Versteh es irgendwie nicht, wegen was waren die beiden hier?"

„Du kannst dich anscheinend an nichts erinnern."

„Doch, dass ich am Mittag mit Lucas gesprochen hab und dann waren wir in dem Klassenzimmer eingesperrt. Etwas später kam Rauch raus. Den Rest weiß ich nicht was passiert ist. Erst nachdem ich in meinem Zimmer erwacht bin wusste ich nicht mehr was zwischen dem Mittag und bis ich erwacht bin geschehen ist. Erzählst du es mir."

„Also Julia ist aufgefallen, dass du um halb eins immer noch nicht zu Hause warst. Erst hab ich gedacht du bist zeitgereist, aber dem war nicht so, da dein Ring in deinem Zimmer lag. Sofort riefen Julia und ich bei deinen Freundinnen an. Die wussten auch nicht, wo du steckst. Danach riefen wir bei Sophie und Sam an. Darauf kamen alle hier her. Keiner wusste, wo du warst. So fingen wir dich an zu suchen bis Pia einen Anruf bekam. Violetta sagte, sie wüsste wo du seist. Dann sind wir sofort los. In der Schule warst du in einem Klassenzimmer eingesperrt. Mrs Ludder hat dann das Klassenzimmer aufgesperrt. Sie wollte es erst auch nicht glauben. Doch tatsächlich warst du da drin. Lucas war ganz von den Socken. Du sahst aus wie ein lebloses Mädchen. Er trug dich raus. Sofort verständigte Mrs Ludder die Rettung. Alle dachten du seist tot, aber ich sah ein leichtes Atmen. Die Notärzte untersuchten dich währendem Lucas ohnmächtig wurde. Er kam ins Krankenhaus. Du auch, aber nach einigen Minuten durftest du nach Hause. Deswegen bist du in deinem Zimmer gelandet."

„War ich bei Bewusstsein, als ich aus dem
Krankenhaus kam?"

„Ja, aber du hast nichts realisiert und bist sofort wieder
eingeschlafen."

„Also bin ich von den Toten erwacht?"

„So ungefähr."

Das darf doch nicht wahr sein. Ich war halb tot. Darum
hab ich nichts verstanden, deswegen war Sophie so fürsorglich und wollte mit mir kommen zu Tina.

„Jetzt leb ich schon noch oder bin ich eine Vision von
dir?"

„Warte!"

Sie kniff mir in die Hand.

„Auh!"

„Du bist Realität. Apropos. Bevor ich es vergesse. Lucas
hat nach Hause dürfen. Der Rauch war giftig. Aber wir
haben euch rechtzeitig gefunden, bevor das Gift
überhaupt wirken konnte. Einige Nebenwirkungen
hatte es trotzdem. Bei dir hat es zu Müdigkeit und
Verwirrtheit geführt. Darum wusstest du nicht was
geschehen ist. Die Nebenwirkungen sind aber vorbei."

„Deswegen hab ich geschlafen und hatte Kopfweh."

„Ja. Aber geht es dir wieder besser?"

„Ich denke schon. Aber ich hatte Angst ich hätte das
ganze geträumt. Was ist jetzt mit dem Rauch und
Violetta?"

„Der Rauch wurde entfernt durch die Polizei, aber der
Täter wurde noch nicht gefunden. Violetta hat sich
nicht viel dazu geäußert. Die Polizei hat uns auch
befragt. Der Polizist kannte mich schon. Dieser Polizist
hat damals auch die Ermittlungen durch geführt , als
Grandpa ermordet wurde. Niemand glaubte mir."

„Du hast es gewusst, dass Grandpa ermordet wurde."

„Als ich den Mann sah, der dich verfolgte, wusste ich, dass es derselbe ist, der immer bei Grandpa war."

„Wieso hast du nichts gesagt?"

„Du warst beim Mord dabei."

„Als Kind?"

„Nein durch deinen Zeitsprung."

„Stimmt."

„Du allein weißt die Wahrheit. Sag der Polizei alles. Vielleicht glauben sie dir."

„Genau wie dass jedes Gen ermordet wird."

„Kind mach den Mörder ausfindig und bring Beweise. Hatte eine Vision. Du wirst jedes Geheimnis lüften. Da bei Lauern aber gefahren."

„Du meinst die Bande will verhindern, dass es ans Tageslicht kommt was mit den Canberras passiert ist."

„Genau. Pass dabei gut auf dich auf. Beim Zeitreisen ist es mittlerweile auch gefährlich. Oh! Es ist schon 4.00 Uhr. Geh in dein Zimmer wieder. Ich muss weiter schlafen."

„Granny, ich kann nicht mehr schlafen."

„Dann mach deine Hausaufgaben."

„Okay. Dann schlaf gut."

Granny löschte das Licht während ich das Zimmer verließ. Eigentlich möchte ich keine Aufgaben machen. Vor meinem Zimmer blieb ich stehn. Ich soll jedes Geheimnis lösen. Mir fiel das Zimmer neben Grannys Schlafzimmer ein. Aber da kann ich jetzt nicht hin. Was hat es eigentlich mit der Hochzeit auf sich zwischen Mum und Sam. In Mums Schlafzimmer sollt ich mal. Das ist es. Ich könnte Zeitreisen. So würde ich keinen wecken. Ich lief in mein Zimmer und schloss leise die Tür. Etwas kam mir gerade in den Sinn. Sophie und Sam haben sich nach Jahren wieder gesehn. Die Blicke die sie wechselten, waren voll Liebe geprägt. Heißt das sie lieben sich immer noch. Sophie blieben ja nur die Kinder von ihm. Sophie hatte in ihrem Leben zwei Unfälle und konnte sich an nichts erinnern. Aber ist sie auch ein Opfer der Bande? Mary war doch sehr gegen die Beziehung von Sophie und Sam. Wer ist der Mann den sie heiratete, nachdem sie fort war von den Canberras im Jahr 1997. Genau ein paar Tage später wird Tina ermordet. Rätselhaft ist, dass Sophie etwas über das Gen wusste. Ein Rätsel gibt es auch noch. An wen konnte sich Sophie schließlich erinnern nach dem Unfall vor einigen Monaten? An Tina oder mich? Vermutung ist immer noch Tina. Gibt es zu allem einen Zusammenhang? Ich muss es unbedingt herausfinden. Woher wusste die Bande von Tina? Ich reise in die Jahre und finde jetzt jedes Detail über Sophies Leben raus. Von der Geburt bis zum Unfall im Jahr 2014. Sebastian hatte mir zwar etwas über den Unfall erzählt, aber noch nicht alles. Vor allen Dingen wie sie reagiert auf Mum, wenn ich in der Stadt zur Schule geh. Sophie ist meine Tante, aber dies muss ich tun, um dem Geheimnis auf die Spur zu kommen. Die Geburt von Tina kenn ich schon sowie den Unfall und wie sie bei uns gewohnt hat auch. Aber was zwischen Tina und ihr war weiß auch keiner. Nur Tina selbst. Was weiß Tina über ihre leibliche Mutter? Ich reise ins Jahr 1963. Das Geburtsjahr von Sophie. Der 22. April. Ich drückte auf meinen Ring. „Romana, wie lautet dein Passwort?" „Durch Raum und Zeit zu reisen ist nicht schwer, denn durch das Zeitreisen ist die Macht gegeben." Mit einem rosanen Strahl löste ich mich in Luft auf.

Als ich landete wurde ich fast erschreckt von Granny sie stand mit dem Rücken zu mir. Bei Ihrem Schrei hätte ich fast los gerufen. Aber wollte sie nicht erschrecken. Der Raum kam mir zwar bekannt vor, aber der war irgendwie anders. Die Küche ist sehr im 60er Stil angepasst. Granny sieht sehr jung aus. Ihr schwarzes Haar war zusammen gebunden. Noch ein Schrei erklang wieder. Granny hielt sich an der Küchenablage fest. Ich lief sofort zu ihr hin.

„Kann ich Ihnen helfen, Mrs Canberra?", fragte ich.

„Wer sind Sie?"

„Romana Canberra."

„Canberra? Aaaa!"

„Keine Zeit für Erklärung Sie brauchen einen Arzt."

Granny nickte bloß.

„Ich ruf einen Arzt."

Ich drehte mich um. In dem Moment kam Grandpa.

„Charlotte."

„Es ist soweit.", gab sie darauf.

„Wer sind Sie?"

Ich streckte meine Hand, wo der Ring drauf war vor.

„Der rosane Stein."

„Keine Zeit jetzt für eine Erklärung. Ihre Frau bekommt ein Kind."

Wieso ich meine Großeltern siezte war ein bestimmter Grund, da Granny mich noch nie gesehen hatte und weil sie noch jung sind. Grandpa nickte und nahm seine Frau. Ich folgte ihnen. Vor dem Haus stand ein VW Käfer. Wow! Ich wusste gar nicht, dass Grandpa so ein Auto besaß. Granny setzte er auf die Breifahrerseite.

„Wollen Sie mitfahren?", fragte Fritz Canberra.

„Ja gern."

Ich stieg ein. Grandpa fuhr los. An das musste ich mich erst gewöhnen das Grandpa Auto fuhr und an diesen Fahrstil. Die Straße war sehr belebt überall Menschen. Der Verkehr war noch ruhiger als in der Stadt. Es staute sich und Hupen der Autos waren zu hören. Mich erinnerte es an den Zeitsprung ins Jahr 1982. Total ein Unterschied zu dem hier. Nach einer guten viertelstündigen Autofahrt waren wir im Krankenhaus. Granny hatte schon sehr starke Wehen. Schnell rannten wir ins Krankenhaus. Am Schalter waren mehrere Leute.

„Notfall. Das Kind kommt.", rief Fritz.

„Guten Tag Mr…"

„Canberra."

„Mr Canberra. Wir werden Ihre Frau gleich in den Kreissaal bringen. Lucia bring Mrs Canberra dort hin.", rief die Dame am Schalter der anderen Frau zu.

Lucia lief mit Granny den Gang hinab.

„Mr Canberra Sie können im Wartezimmer Platz nehmen. Wir werden Sie informieren."

Grandpa und ich setzten uns ins Wartezimmer. Nach wenigen Minuten fragte er mich: „Wer sind Sie?"

„Ich bin Romana Canberra."

„Canberra? Das ist interessant."

„Ja."

„Darf ich fragen von wem Ihr den Ring habt?"

„Von meinem Grandpa. Nur leider konnte er mich nicht in alles einweihen."

„Wer ist dein Grandpa?"

„Das kann ich hier jetzt nicht sagen. Bräuchte einen Zettel."

Grandpa gab mir den Zettel sowie einen Stift die auf dem kleinen Tisch lagen. Ich schrieb was drauf. Paar Sekunden später las es Grandpa.

„Aus welchem Jahr?"

Ich nahm den Zettel und schrieb wieder darauf.

„Oh dann haben Sie ein Gen. Von wen sind Sie das Kind?"

„Das werden Sie alles im Jahr 1998 erfahren, denn dort sehen wir beide uns wieder. Wenn Sie mich entschuldigen würden. Müsste dringend auf die Toilette."

Mit einem Nicken von ihm erhob ich mich. Ich lief aus dem Wartezimmer. Anstatt aufs WC zu gehen spazierte ich zum Kreissaal. Eigentlich will ich ja wissen was mit Sophie wirklich geschehen ist. Ich kam zufälliger weise an dem Raum vorbei, wo die Kinder gewaschen wurden. Nun sah ich wie eine Ärztin ein Baby dorthin trug. Diese Frau kam mir irgendwie verdächtig vor. Ich schlich ihr nach. Sie tauschte die Kinder aus. Auf dem kleinen Zettel stand Mrs Canberra und an dem anderen Mrs Bauer. Moment der Name sagt mir was. Die Ärztin ging an mir vorbei, ohne mich zu bemerken. Ich sah die Babys an und merkte das Problem sofort. Das eine Baby war tot und das andere lebte. Das ganze mit der Adoption für Sophie war gelogen, genau wie das mit dem Findelkind. Von wegen Granny hat das Kind verloren. Die Kinder wurden vertauscht. Geplant oder versehnlich? Vermute geplant. Hatten die Canberras streit mit den Bauers? Schnell rannte ich der Ärztin hinter her. Die Ärztin fand ich sofort wieder. Sie befand sich bei Mrs Bauer. Die Tür war angelehnt, aber ich hörte was sie sprachen.

„Hat es geklappt?", fragte eine Frauenstimme.

„Ja, Mrs Bauer. Mit Ihrem Kind ist alles in Ordnung."
„Das freut mich zu hören. Nun wird Charlotte meine
Rache spüren. Für das, dass sie mir Fritz weg
geschnappt hat an jenem Tanzabend."
Ich schluckte. Jetzt wusste ich was Granny zu meinte wegen Mary. Arme Sophie. Die Bauers haben sogar selbst an Sophie die Rache gezeigt. Muss unbedingt davon Granny erzählen in der Zukunft. Die Ärzte hatten gelogen. Mary Bauer ist eine schreckliche Mutter. Sie lässt ihr Kind ermorden dafür nimmt sie das lebendige Kind von Granny. Und das tote Kind gibt sie Granny. Mir kam das von Anfang an so komisch vor mit der Adoption. Genau wie das mit dem Findelkind. Ich muss unbedingt nach sehen auf den Blättern. Deswegen hat Granny selbst Grandpa erst nicht geglaubt, dass Sophie ihre Tochter ist. Schnell weg hier bevor die Ärztin merkt, dass jemand ihr gefolgt ist. Ich lief zurück zum Wartezimmer. Dort saß immer noch mein junger Grandpa. Bald wird ihm die Schocknachricht übermittelt. Soll ich ihm es sagen? Noch nicht jetzt im Jahr 1998 werde ich es ihm sagen. Oh Mist! Mein Ring fing an zu blinken. Irgendjemand muss mich suchen in der Zukunft. Ich drückte. In weniger als einer Minute löste ich mich in Luft auf.

Ich landete im Jahr 2014 in meinem Zimmer. Mittlerweile war es hell geworden. Nun sah ich auf die Uhr. 8.30. Wie lang war ich in der Zeit? Ich zählte. Um 4.20 bin ich gesprungen. 1,2,3,4. Im Ernst. 4 Stunden. Moment solang war ich doch nicht fort. Oder doch. Die Tür sprang auf.
„Hab ich es doch gewusst.", rief Julia. Kein Wunder,
wieso ich zurück befördert wurde.
„Was?"

„Na dass du in der Vergangenheit warst und nicht beim Hausaufgaben machen, wie Granny sagte."

„Oh. Da hast du recht."

„Bin aber froh dass du lebst."

„Wirklich."

„Jeep."

„Kommst du auch runter zum Frühstück?"

Mein Magen knurrte gerade. Kein Wunder. Hab ja seit gestern in der Pause nichts mehr gegessen.

„Ja. Komm gleich."

Julia nickte und verließ mein Zimmer. Mich wunderte es, dass Julia nicht fragte in welchem Jahr ich war. Naja. Sie ahnt es vielleicht. Jetzt muss ich die Zettel mal suchen. Wo hab ich diese Blätter? Im Kleiderschrank. Nein. Unter dem Bett. Genau in der Kiste die mir Granny gab. Ich holte die Kiste unter dem Bett hervor und öffnete sie. Prisella hat sie ja darein getan. Ich nahm dann die Zettel heraus. Ich las die Zettel genauer durch. Auf der Geburtsurkunde fiel mir was Verdächtiges auf. Das Geburtsdatum ist der 22.April 1963. Genau noch am selben Tag wurde es auf der Gemeinde abgestempelt. Der Ort stimmt nicht. Es ist nicht London, sondern hier in Wales. Church Village. Wieso ist mir das noch nicht aufgefallen? Die Adoption sowie das Findelkind- Gesuch sind gefälschte Dokumente. Damit es niemand raus findet. Ich muss das unbedingt Prisella erzählen. Wo hab ich denn mein Handy? Ich suchte mein Handy. Fand es schließlich in meiner Schultasche. Oh mein Gott. So viele Anrufe in Abwesenheit. Meine Familie hat sich wirklich um mich Sorgen gemacht. Ich schrieb Prisella eine SMS.

Hallo Prisella!

Notfall. Treffen uns um 10 Uhr im Sankt Williams Park.

Lg

Romy

Ich sandte Prisella dies. Dann verließ ich auch mein Zimmer.

Kapitel 2
Violetta

Beim Frühstückstisch saßen Nil, Granny und Julia, als ich ins Esszimmer kam.

„Guten Morgen Schwesterlein. Geht es dir wieder besser?"

„Guten Morgen! Ja, Nil.", gab ich zur Antwort während ich mich an den Tisch setzte.

Ich nahm eine Toastscheibe und biss sofort ein Stück ab. Nil und Julia freuten sich, aber Granny machte einen besorgten Blick, während sie einen Schluck von ihrem Tee nahm. Nach einer Weile Stille fragte ich:

„Granny, du hast doch gesagt, du kennst Mary?"

Fast ließ sie ihre Tasse fallen.

„Ja. Wieso?"

„Emmh. Ihr wart einmal Freundinnen früher?"

„Ja. Wir kannten uns von der Schule. Beste Freundinnen waren wir. Doch eines Tages fing Mary an mit mir zu streiten, als wir beide bei einem Tanzabend in Edinburgh waren. Dort lernte ich euren Grandpa kennen. Mary war sauer, dass er nur Augen für mich hatte und nicht für sie. Sie dachte bei einem Aussehen wie Mairlyn Monore könnte sie Fritz beeindrucken, aber dies war nicht der Fall. Seither hab ich sie auch nicht mehr gesehen. Das einzige was ich noch weiß, dass sie mit Bill Bauer einem Künstler verheiratet ist und in London wohnt. Warum möchtest du das wissen?"

„Nur so."

Marilyn Monore die berühmte Schauspielerin der 50er und 60er Jahre. Eine Filmikone.

„Romy!", sprach Julia.

„Ja."

„Du fragst das nicht ohne Grund. Es gibt einen Hintergrund."

Ich sah auf die Uhr. 9.30. Wie schnell die Zeit heute vergeht.

„Ich muss los."

„Wo willst du hin?", fragte Granny.

„In den Sankt Williams Park. Mich mit Prisella treffen und ich passe auf mich auf."

„Will es auch hoffen. Geh schon. Brauchst sicherlich diese Infos damit du Geheimnisse aufdecken kannst."

Ich nickte und holte schnell mein Zeug. Innerhalb von 10 Minuten war ich im Park. Die eisige Kälte, die gerade war, bewirkte, dass heute morgen fast niemand im Park war. Der Schnee hatte den Rasen sowie den großen Lindenbaum bedeckt. Der Mantel gab mir wenigstens wärme, während ich auf Prisella wartete. Unter der Linde wartete ich. Ich betrachtete den Baum. In dem Baum war ein Herz geritzt. Näher ging ich hin. Unter meinen Stiefeln knirschte der Schnee. In dem Herz erkannte ich, dass ein C und ein F drin stand und daneben waren zwei weitere Herzen mit S und S und T und L. Ich kenne die Namen der Buchstaben. C für Charlotte, F für Fritz, S für Sophie das andere für Sam, T für Tina und das L für Lucas. Der Liebesbaum der Canberras. Während ich das dachte fuhr ich mit meiner Hand darüber. Selbst die Jahreszahlen erkannte ich dann. 1962, 1989 und 1997. Momentmal Sophie und Sam kennen sich schon länger. Sophie und Sam haben sich nämlich schon 1982 gekannt.

„Hallo Romy."

Prisellas Stimme riss mich aus meinen Gedanken. Hatte gar nicht bemerkt, dass sie gekommen ist.

„Hi."

„Was machst du da?"

„Das ist der Liebesbaum der Canberras."

„Oh. Sag nicht du stehst auch schon drauf?"

„Nein. Aber Schau mal selbst."

„Also S und S sowie T könnte ich noch sagen wer es ist, aber der Rest nicht."

„Lucas. Charlotte und Fritz. Um diese beiden geht mein Notfall sowie um Sophie."

„Ich dachte schon, dass so etwas ist im Busch ist, wenn du schreibst Notfall. Schieß los."

„Ich habe eine Reise ins Jahr 1963 gemacht. Es dauerte 4Stunden. In dem Jahr wird genau Sophie geboren. Dort war ich auch."

„Was ist da jetzt ein Notfall?"

„Hier. Schau mal genau auf die Geburtsurkunde."

Ich gab Prisella die Zettel.

„Und das andere auch. Was fällt dir auf?"

„Naja. Das Datum des Stempels ist dasselbe wie der Geburtstag."

„Das auch. Was fällt dir beim Geburtsort auf?"

„Da steht London. Moment du willst mir sagen, dass das falsch ist."

„Jeep. Und welche Person auf den Zetteln kommt dir irgendwie verdächtig vor?"

„Schwer zu sagen. Mary oder Bill Bauer."

„Streich Bill."

„Also Mary."

„Genau. Mary und meine Granny waren Freundinnen

bis an jenem Tanzabend in Edinburgh."

„Was hat das mit Sophie zu tun?"

Ich zeigte auf das Herz mit C und F.

„Du meinst Mary wollte deinen Grandpa."

„Ja."

„Was hat das wirklich mit Sophie zu tun?"

„Wenn Granny Schwanger war. Was war dann Mary?"

„Auch Schwanger."

„Bingo."

„Versteh es immer noch nicht."

„Wo gebären sie ihre Kinder?"

„Im Krankenhaus."

„Ja, aber beide hier im Krankenhaus und nicht in London, wo Mary lebt. Granny sagt sie hätte Mary seit ihrem Streit nicht mehr gesehen. Wahrscheinlich im Jahr 1962. Was glaubst du was tut Mary?"

„Sie bringt ganz normal ihr Kind zu Welt."

„Das schon. Wieso landet Sophie bei Mary, aber man sagt Granny hätte das Kind verloren."

„Warte, du willst mir sagen Mary hat das ganze geplant. Was ist mit ihrem Kind?"

„Ganz einfach. Gibt einer Ärztin den Auftrag ihr Kind zu töten und das tote Kind mit dem Kind von Mrs Canberra zu tauschen."

„Jetzt macht es bei mir Klick. Mary hat Rache bei deiner Grandma verübt."

„Ja. Dies lässt Mary Sophie deutlich spüren, als Sophie im Jahr 1982 einen Unfall hatte und schwanger war mit Tina. Sophie fiel ins Koma und Tina wollte keiner. Deswegen wächst Tina bei Hillary und Mr Dolphin auf."

„Tina ist die Tochter von Sophie. Wieso hast du das

nicht gesagt."

„Sophie weiß es erst seit ein paar Wochen. Deswegen hab ich euch auch nichts von Tina erzählt bis an der Hochzeit. Das Problem ist an Tina, dass Sophie und Tina sich kennen und ich so aussehe wie Tina."

„Du meinst, dass Mary dort auch ihre Rache zeigt und hat Tina vielleicht…"

„Ich vermute, dass sogar Mary dahinter steckt, denn ich weiß die Wahrheit über das ganze. Vielleicht wusste Tina auch was."

„Du willst mir jetzt aber nicht sagen, dass Mary zu der Bande gehört."

„Vielleicht. Ich muss mehr darüber erfahren. Apropos Bande. Woher wusste Violetta eigentlich wo ich eingesperrt war?"

„Keine Ahnung!"

„Also ist Violetta die, die Lucas und mir das Leben gerettet hat."

„Ja."

„Was ist mit Violetta eigentlich geschehn?"

Prisella zuckte mit den Schultern.

„Ich muss unbedingt mit Violetta sprechen."

„Das kannst du noch am Montag."

„Okay. Im Übrigen, du glaubst gar nicht wer gestern zusammen gekommen ist wegen mir."

„Lass mich raten. Mrs Englischlehrerin und Mr Geschäftsmann."

„Bingo."

„Im Ernst jetzt."

„Hab es erst auch nicht geglaubt. Die Blicke von den Beiden waren eindeutig. Granny hat mir dies erzählt, nachdem ich schlief und Sophie nach unten ins

Wohnzimmer kam, ging Sam. Kurz darauf auch Sophie."

„Oh. Alte Liebe."

„Weiß nicht ob sie miteinander geredet haben. Schau mal her."

Diesmal zeigte ich auf das Herz mit S und S.

„1989. Sagte Sophie nicht das sie Sam 1993 kennengelernt hat?"

„Ja. Sophie und Sam kennen sich schon länger als 1989 oder 1993."

Plötzlich läutete mein Telefon. Ich nahm mein Handy aus meiner Jackentasche. Sophie stand auf den Display.

„Wenn man vom Teufel spricht, dann ruft er an."

„Na wer wohl."

„Sophie."

Ich nickte.

„Heb ab."

Ich drückte auf die grüne Taste am Display.

„Hallo Sophie."

„Hallo Romy. Wie geht es dir?"

„Mir geht es besser. Bin gerade unterwegs."

„Ich weiß, hab gerade bei Granny angerufen. Sie sagte du seist im Sankt Williams Park. Mit Prisella triffst du dich. Wirklich oder triffst du dich…"

„Nein Sophie. Prisella sag was."

„Guten Morgen, Sophie.", sprach Prisella.

Ich stellte den Lautsprecher an.

„Gut muss dir glauben. Guten Morgen Prisella! Ihr macht aber nichts gefährliches?"

„Nein. Wir haben gerade über dich geredet."

„Fräuleins was macht ihr wieder. Ihr habt einen Plan oder?"

„Nein keinen Plan. Emmh. Was?"

Prisella deute mir was. Ich verstand es nicht.

Dann flüsterte Prisella:

„Mary."

Ich nickte.

„Könntest du mir etwas über Mary Bauer erzählen?"

„Ja. Ich hab dir doch erzählt, dass sie gegen die Bezeihung war von Sam und mir und das wir streit hatten. "

„Wie hat sie dich behandelt?"

„Wieso willst du das wissen?"

„Es hat einen Hintergrund, den ich dir jetzt noch nicht sagen kann. Würdest du mir trotzdem diese Frage beantworten."

„ Mary hat mich meistens schlecht behandelt. Sie hat die anderen immer bevorzugt und ich war die Jüngste von den 4 Kindern. Bill hat mich immer geliebt wie sein eigenes Kind. Er ist vor einigen Jahren gestorben."

„Das tut mir leid. Anderes Thema. Was hat es mit dem Jahr 1989 auf sich mit Sam?"

„Romana Canberra du gehst jetzt schleunigst nach Hause. Du bist nicht sicher draußen ohne den Schutz von Granny, Sam oder mir."

Oh, etwas angesprochen wo ich nicht wissen sollte.

„Ja, Sophie."

Sophie hört sich fast schon an wie meine Mum. Das sie Sam ernsthaft aussprach verwunderte mich. Gestern war sie so fürsorglich um mich, aber sie hat recht.

„Romy nimm es ernst. Du brauchst Schutz vor der Bande."

Jetzt regte es mich auf.

„Wieso ist mein Bodyguart zu Hause bei Sebastian und

Beni anstatt bei mir, wenn sie auf mich aufpassen will."

„Werd nicht frech."

„Dann komm in den Sankt Williams Park und erklär mir mal das eingeritzte Herz mit S und S mit dem Jahr 1989 am Lindenbaum. Schließlich möchte ich doch auch wissen was mein Dad für eine..."

„Hör auf ich ertrag es nicht, wenn du mich dies fragst."

„Was war das gestern. Nur wegen mir trefft ihr euch wieder. Mach kein Geheimnis daraus du liebst ihn noch. Du hast es letztens erst zu gegebn. Was für ein Geheimnis hab ihr eigentlich mir gegenüber."

„Frag doch Sam."

„Mach ich, aber er sagt mir es nicht. Und nu?"

„Geh jetzt nach Hause Romana."

Das sagte Sophie so streng, dass selbst Prisella erschrak.

„Bin schon auf den Weg."

Nun war ich richtig sauer auf Sophie. Man hörte den Schnee wieder knirschen unter den Stiefeln. Prisella lief mit mir mit.

„Will ich auch hoffen. Weißt du ich mein es nur gut mit dir und möchte dich nicht verlieren."

Was meint Sophie damit? Sie möchte mich nicht verlieren.

„Bist du noch dran?"

„Ja."

Sophie riss mich aus meinen Gedanken. Nun merkte ich wieder die eisige Kälte. Schneller fing ich an zu laufen. Prisella mochte mir fast nicht nachzukommen. Die Straße, wo ich wohnte war immer noch ruhig.

„Bist du schon bei der Tür?"

„Noch nicht ganz Sophie. Aber gleich."

Nach wenigen Schritten standen meine beste Freundin und ich vor der Haustür.

„Ich glaube es ist besser ich geh nach Hause, Romy.", sprach Prisella.

„Okay.Tschüss."

Ich verstand die Welt nicht mehr. Meine Freundin geht einfach. Schnell blinzelte ich mit den Augen. Es ist Realität. Ich öffnete die Tür. Mit dem Handy in der Hand stand ich im Gang.

„Romy geht es dir gut?", fragte Sophie.

„Es ist alles in Ordnung."

„Bist du dir sicher?"

„Ja."

Wahrscheinlich wirkte immer noch der Rauch den ich gestern eingeatmet habe. Der verursacht sogar Verwirrung. Wie ein Traum.

„Am besten legst du dich hin."

„Gute Idee. Vielleicht bin ich noch nicht ganz zurück."

„Meld dich, wenn es dir besser geht."

„Werde ich machen. Tschüss."

„Bye Bye."

Das ist typisch für Sophie der Abschiedsgruß. Nachdem ich aufgelegt hatte und ich bei der Treppe war kam Granny.

„Sophie hat…"

„Das weiß ich schon. Sie hat gerade angerufen bei mir."

„Sam auch. Er wollte wissen, wie es dir geht und möchte gern mit dir einiges noch besprechen."

„Ja, aber ich…"

Mir wurde irgendwie schwindlig. Ein stechen im Kopf.

„Romana ist mir dir alles okay."

Ich verzog das Gesicht.

„Kind du bist ganz blass. Leg dich am besten hin."

Granny verschwamm vor meinen Augen.

„Granny ich glaub ich hab einen..."

Ich konnte nicht mal auf meinen Ring drücken und schon löste ich mich in Luft auf.

Das Licht blendete, als ich unsanft landete. Der Boden war hart. Alles tat mir jetzt weh. Wo bin ich überhaupt? Nun blickte ich um mich. Ich war mitten auf den Weg gefallen. Das Sonnenlicht hatte mich geblendet. Daneben war ein Blumenbeet. Ich rappelte mich auf. Sag mal spielt jetzt mein Gen verrückt. Plötzlich hörte ich Stimmen.

„Bill sieh nach Violetta.", rief eine Frauenstimme.

„Ja gleich Mary. Ich muss noch schnell in den Garten und meine Brille holen. Bevor ich mit der kleinen Maus spiele." , gab der Mann der Bill hieß darauf zurück.

Der Mann kam zur Balkontür heraus. So schnell konnte ich mich gar nicht verstecken schon hatte mich der Mann gesehn.

„Wer sind Sie und was machen Sie in meinem Garten?"

„Ich bin Romana Canberra. Hab mich verlaufen. Und Sie?"

„Entschuldigen Sie. Ich bin der Künstler Bill Bauer."

„Oh. Sophie hat mir von Ihnen erzählt."

„Meine Tochter Sophie."

Ich nickte.

„Woher kennt ihr euch, wenn ich fragen darf?"

„Von der Schule und durch meinen Dad."

„Ach so. Darf ich Sie fragen wieso Sie in meinem Garten stehn."

„Das frag ich mich auch."

„Bill wo bleibst du denn? Violetta wartet."

„Ja Mary. Ich komm schon. Meine Frau ist nur
am herumtraktieren. Ich muss gehen sonst schimpft Sie
wieder."

Das passt zu Mary so arrogant wie sie ist.

„Ja. Emmh. Welches Jahr haben wir? Und wer ist
Violetta?"

„2007. Meine Enkeltochter ist Violetta Sydney. Sie
wohnt in Wales."

„Danke."

Schon war Bill Bauer durch die Balkontür verschwunden.
Wieder verschwamm mir alles vor den Augen und ich
löste mich in Luft auf.

Diesmal landete ich weich und sanft auf meinem Bett. Nun
besann ich mich. Ich war bei dem Künstler Bill Bauer und
Violetta Sydney ist seine
Enkelin. Momentmal. Meine Schulkollegin Violetta. Heißt
das, sie ist Sophies Nichte gewesen? Sophie hätte mir sicherlich etwas davon erzählt. Kein Wunder war Violetta so
intrigant zu mir. Genau wie ihre Grandma Mary Bauer.
Mir fielen auf einmal von selbst die Augen zu und ich
schlief sofort ein.

Kapitel 3: Eine Weihnachtsüberraschung

Am Montag merkte ich sofort, wie fit ich wieder war. Der Unterricht mit Mrs Pruse war mal wieder mühsam, aber das von Freitag hatte sich rum gesprochen. Das Klassenzimmer von Mrs Turner war betroffen und ihre Klasse wurde in einem anderen Zimmer untergebracht. Mrs Ludder hat nach mir gesehen. In der ersten Stunde kam sie in die Klasse. Während dem Unterricht schrieb ich einen Zettel für Violetta.

Hallo Violetta!
Danke, dass du mir das Leben gerettet hast am Freitag. Würdest du mir die Frage beantworten, woher du wusstest wo ich eingesperrt war?
Deine Schulkollegin
Romana

Ich knüllte den Zettel zusammen und flüsterte zu Prisella.
„Kannst du das zu Violetta werfen?"
Prisella sah mich nur fragend an und machte es. Die Papierkugel landete direkt auf Violettas Pult. Violetta hob nur kurz den Kopf. Mrs Pruse merkte dies nicht. Nach ein paar Minuten landete bei mir eine Papierkugel. Ich entknüllte das Papier. Auf dem Zettel stand.

Hallo Romy!
Erzähl ich dir in der Hofpause.
Gruß,
Violetta

Ich nickte in Violettas Richtung. Nach der Stunde war Hofpause. Das Klingeln der Glocke erlöste mich. Schnell holte ich mein Zeug aus meiner Schultasche. Pia und Prisella folgten mir aus dem Klassenzimmer. Auf einmal zog mich jemand am Arm.

„Können wir irgendwo hingehen, wo uns keiner hört?", fragte Violetta.

„Wenn du willst.", gab ich zur Antwort.

„Am besten gehen wir auf die Toilette.", sprach Prisella.

Violetta nickte.

Mit schnellem Schritt liefen wir zur Mädchentoilette. Prisella schloss die Tür.

„So was willst du uns sagen?", fragte Pia.

„Ich möchte mich bei euch entschuldigen, dass ich euch immer hab auffliegen lassen."

„Okay. Ich nehm sie an."

Pia nickte zu.

Bei Prisella dauerte es ein bisschen. Nachdem ich einen ernster Blick machte.

„Na gut. Angenommen."

„Wenn ich gewusst hätte…"

Violetta vergrub ihr Gesicht in den Händen und weinte.

„Wenn was?"

Schnell nahm sie die Hände weg und wischte sich die Tränen weg.

„Dass Romy du und Pia in Gefahr seid und was ihr könnt hätte ich euch so nicht behandelt."

„Was meinst du damit, dass Pia und ich in Gefahr sind?"

„Ihr habt ein Gen. Ich werde alles daran setzten, dass euch beiden nichts geschieht, sowie den restlichen

Canberras. Ich geb euch mein Wort."

„Wie müssen wir das verstehn?"

Diesmal fragte Pia.

„Zu einem besseren Zeitpunkt werdet ihr es noch erfahren."

Ich überlegte.

„Sind deine Großeltern Mary und Bill Bauer?"

„Ja, Romy. Aber mein Grandpa Bill lebt nicht mehr."

„Das tut mir leid. Sagt dir der Name Sophie Self etwas?"

Violetta schüttelte den Kopf. Da stimmt etwas nicht.

„Wenn ihr mich entschuldigt. Diana wartet auf mich."

Wir nickten.

Violetta verließ die Toilette.

„Was war das denn?"

„Prisella, ich hatte am Samstag nachdem du gegangen warst und ich mit Sophie telefoniert hatte einen unkontrollierten Zeitpunkt vor Granny. Zu gleich war er kontrolliert. Im Jahr 2007 begegnete ich Bill Bauer, dem Künstler."

„Dann heißt das du kannst sogar ohne Ring kontrolliert reisen?"

„Wahrscheinlich, Pia. Wieso ich Violetta gerade fragte, ob ihr der Name Sophie Self etwas sagen würd, war der Grund, dass das Sophies angebliche Adoptiveltern waren oder sind. Ich wusste schon, dass Bill nicht mehr lebt durch Sophie."

„Das habe ich ja mitbekommen am Samstag per Telefon. Aber jetzt, wo du es sagst ist es komisch, dass Sophie und Violetta sich gar nicht kennen. Du könntest noch Sophie fragen, ob sie vielleicht Violetta kennt."

„Stimmt. Aber ich möchte jetzt etwas wissen. Da

Violetta sagte wir seien beide in Gefahr. So musst du auch ein Gen haben."

„Wie meinst du das?"

„Wieso konntet ihr meinen Ring benutzen? In welchem Jahr bist du geboren?"

„1998."

„Genau dasselbe wie ich. Sam hat mir gesagt, dass es zwei Gens geben wird. Hier nimm meinen Ring."

„Emmh."

„Tu es Pia. Sag mein Passwort und stell dir ein Jahr vor wo du jetzt gern sein würdest und bei wem."

„Gut. Ich machs."

Pia steckte sich den Ring an den Finger und drückte auf den Stein. Prisella stellte sich neben mich.

„Pia, wie lautet dein Passwort?"

„Durch Raum und Zeit zu reisen ist nicht schwer, denn durch das Zeitreisen ist die Macht gegeben.", gab Pia zu Antwort und löste sich mit einem rosanen Strahl in Luft auf.

„Romy es hat funktioniert."

„Der Ring hat sich sofort auf Pia eingestellt."

„Wieso hat Pia dann keinen eigenen?"

„Keine Ahnung. Ich muss das Grandpa fragen oder Sam."

Mir wurde schwindlig.

„Prisella."

„Ja, Romy."

„Ich glaub ich springe auch gleich."

„Nicht jetzt. Der ist nicht kontrolliert. Warte bis Pia wieder zurück ist."

„Dann muss sie sich beeilen."

Gerade landete Pia wieder.

„Krass es hat funktioniert."

„Gib den Ring schnell, Romy."

Pia gab mir den Ring, aber ich konnte ihn nicht mehr fassen. Alles verschwamm mir vor den Augen und ich verschwand.

„Hallo Romy.", sprach Grandpa, als ich landete und half mir auf.

Wie gerufen. Voll cool. Das Gen hat's drauf. Genau der richtige Moment.

„Danke! Welches…"

Grandpa wusste sofort was ich meinte.

„1999."

Ich nickte.

„Sag mir wie komm ich zu der Ehre, dass du mich so überraschend besuchst."

„Grandpa der Sprung ist unkontrolliert. Schau her."

Ich zeigte ihm meine Hände.

„Wo hast du deinen Ring?"

„Pia wollte ihn mir gerade geben, als sie zurück kam von ihrem Zeitsprung, aber da war es schon zu spät."

„Wie Pia die Tochter meiner Nichte."

„Ja."

„Ist das schon einmal vorgekommen?"

„Ja. Als ich in der Klemme gesteckt habe und am Samstag vor Granny."

„Du hast die Fähigkeit gezielte Zeitreisen unkontrolliert sowie in Träumen zu tun."

„Heißt das ich brauche den Ring gar nicht?"

„Nein."

„Wieso hat Pia keinen eigenen Ring?"

„Sie kann deinen Ring nutzen, da du unkontrolliert gezielt reisen kannst."

„Moment. Es gibt keinen zweiten Ring für die die 1998 geboren wurden."

„Ja."

Dies verstand ich gar nicht mehr.

„Der Ring war für Pia bestimmt."

„Nicht direkt. Roger wollte, dass Pia gezielt reisen könnte, aber leider bist es du."

„Wenn ich unkontrolliert reise muss ich dann immer warten bis ich das Schwindelgefühl bekomme?"

„Ja und nein. Du kannst es kontrollieren, aber das musst du erst noch lernen. Ich werde dir dabei helfen sowie Sam in der Zukunft."

„Ok. Sag mal wie lang kann man eigentlich unkontrolliert reisen?"

„Bis zu 24 Stunden oder gar Tagen. Mit dem Ring kann man maximal 24 Stunden sich in der Vergangenheit aufhalten."

„Wow! Meine längste Zeit mit dem Ring waren 4 Stunden."

Grandpa nickte.

„Aber in nächster Zeit wird es gefährlich mit reisen, da ich zweimal ein Attentat auf mich überlebt hatte."

„Die Bande hat zu geschlagen. Stimmts?"

„Ja. Einmal in der Vergangenheit im 18.Jahrhundert und vor 3 Tagen."

„Du hattest riesiges Glück."

„Ja. Ich frag mich ob ich ein Superheld bin oder so?"

„Nein das bist du nicht. Du hast nur ein Gen, mehr nicht. Also du musst auch noch lernen dich zu verteidigen."

„Das muss ich wirklich."

„Ja. Damit du besser gewappnet bist für solche

Angriffe. Gut wollen wir anfangen. Fürs Verteidigen treffen wir uns früher am besten… Lass mich schnell überlegen. Genau. Im Jahr 1968 im Sommer. Dort treffen wir uns hier im Arbeitszimmer. Granny ist mit Caroline unterwegs an manchen Tagen am Nachmittag. Tauch am besten so um 2 Uhr auf."

„Okay." Jetzt muss ich noch lernen mich zu Verteidigen. Das kann ja heiter werden.

„So fangen wir an mit dem unkontrollierten Zeitreisen kontrolliert sowie im Traum. Hier hast du Papier und Stift. Jetzt kannst du alles mit notieren."

Granddaddy gab mir Zettel und Stift.

„Setz dich hier auf den Stuhl."

Ich setzte mich auf den Stuhl und Grandpa gegen über.

„Konzentriere dich. Mach deine Augen zu und stell dir ein Jahr vor wo du jetzt gerne sein willst."

Ich schloss meine Augen und versuchte mich für eine Weile zu konzentrieren.

„Es geht nicht."

„Versuch es nochmal. Du musst die Raum- Zeit- Barriere überwinden. Dies solltest du auch im Traum tun."

Ich nickte und versuchte es erneut. Plötzlich geschah etwas.

„Ja genau so.", rief Grandpa.

Ich öffnete meine Augen. Aus meinen Händen kam ein rosaner Strahl. Noch mehr strengte ich mich an. Es verschwamm alles vor meinen Augen. Nachdem ich wieder klar sehen konnte war vor mir Sophie.

„Hallo Romana. Was machst du hier?"

„Es funktioniert. Ich weiß, wie wir die Bande überlisten können."

„Wie muss ich das verstehn?"

Genau wie sie das sagte löste ich mich wieder in Luft auf.

„Wow!"

Ich landete vor Grandpa.

„Gut diese Lektion hast du gut gemacht. Nun kommen wir zum reisen im Traum. Bist du schon mal…"

„Ja zweimal. Einmal im Traum und das andere Mal ohne zu träumen."

„Gut so trainieren wir das jetzt. Heute Abend, wenn du schlafen gehst versuchst du im Traum zu reisen. Dich muss etwas beschäftigen dann springst du."

Genauso war es mit der Hochzeit. Es hat mich beschäftigt, ob es wahr ist. Dies notierte ich sofort auf dem Zettel.

„Was du noch beachten solltest. Beim unkontrollierten Reisen musst du immer aufpassen, dass niemand um dich ist, der nichts von dem Gen weiß oder von der Bande ist. Das könnte für dich eventuell tödlich ausgehn."

„Es sei denn es rettet mich vor einer Gefahr."

„Dies kann möglich sein."

„Eine Frage noch. Funktioniert es nur wenn mir schwindlig ist?"

„Je nach dem, wie sehr du dich konzentrierst."

„Ok."

Wenn das gut geht.

„Komm einfach morgen zu mir und berichte mir von deiner Traumreise."

„Gut, werde ich machen."

„Das mit dem unkontrollierten Reisen kontrolliert werden wir auch noch üben."

Ich nickte.

Alles begann sich wieder um mich zu drehen.

„Grandpa ich glaub es ist soweit."

„Dann treffen wir uns morgen um 15.00 Uhr hier."
Ich nickte und löste mich auf.

„Wo bin ich jetzt?", fragte ich mich als ich landete.
Moment ich war zu Hause. Was mach ich denn hier ich
hab doch Unterricht. Schnell rannte ich zur Haustür. Plötzlich bewegte jemand die Türklinge. Ich nahm einen
Schirm. Okay Einbrecher komm doch rein. Als die Tür auf
ging, drohte ich mit dem Schirm. Nun erkannte ich die
Person, die ich für einen Einbrecher hielt.

„Mum was tust du hier?"

„Hallo Romy. Wieso drohst du mir mit einem Schirm?"

„Oh. Sorry hab dich für einen Einbrecher gehalten. Jetzt
im Ernst, was machst du hier. Granny sagte du seist in
der…"

„War ich auch, aber sie haben mich entlassen."

Oh je. Morgen am Nachmittag kommt Sophie. Das wird
keine gute Idee sein, wenn sie morgen kommt da Mum
wieder da ist.

„Ist etwas?"

„Nein, Mum."

„Wen hör ich denn da reden?"

Diese Stimme ist unverkennbar von Granny.

„Caroline, schön dass du wieder zu Hause bist."

„Hallo Mum."

„Julia und Nil werden sich freuen, wenn du an
Weihnachten wieder da bist."

Von wegen freuen. Mum kann ich gerade gar nicht gebrauchen.

„Hallo Granny was ist mit mir?"

„Was machst du eigentlich schon zu Hause? Du
kommst doch immer so um 10 nach 12."

„Das frag ich mich auch schon, wieso ich hier gela…"

„Versteh. Dann kommt doch in die Küche dort trinken wir eine Tasse Tee."

Wieso unterbrach mich Granny? Wahrscheinlich wegen Mum. Jetzt bemerkte ich, dass ich den Zettel noch in der Hand hielt. Schnell sprach ich:

„Ich bringe das in mein Zimmer und komme dann."

„Mach das. Komm Caroline.", sagte Granny und Mum folgte ihr.

In aller Eile rannte ich in mein Zimmer und machte die Tür hinter mir zu. Es ist wirklich ein schlechter Zeitpunkt, dass Mum wieder zurück ist. Ich muss unbedingt Sophie das sagen. Nur das Problem ist, mein Handy ist in der Schule. Den Zettel verstaute ich in der Kiste unter dem Bett. Puh. Das wäre dann mal erledigt. Nun muss ich Sophie anrufen. Ich weiß, dass ich telefonieren kann im Arbeitszimmer von Granddaddy. So schnell ich konnte lief ich ins Arbeitszimmer. Auf dem Schreibtisch stand ein Telefon. Hoffentlich ist die Nummer von Sophie hier gespeichert. Ich ging das Telefonbuch durch. Hier ist die Nummer von Sophie und wählte.

„Hallo."

„Hallo Sophie."

Granny kam jetzt genau herein.

„Schlechte Leitung.", sprach sie und verschwand wieder.

„Guten Tag Mrs Blueberry. Hier ist Lady Tiger."

„Guten Tag Lady Tiger."

„Muss Ihnen unbedingt eine schlechte Nachricht überbringen."

„Bitte."

„Unsre Mrs Psycho ist wieder da."

„Oh dann muss ich den Besuch zu Ihnen verschieben."

„Wir müssen uns trotzdem treffen. Morgen um 15.30 im Sankt Williams Park."

„Ihr Wunsch sei mir Befehl Lady Tiger. Dann bis morgen."

„Auf wiederhören bis morgen."

Ich legte auf. Das wär mal geregelt. Hoffe Mum merkt nichts. Jetzt kann ich meine Tasse Tee trinken. Im Esszimmer saßen Granny und Mum am Tisch.

„Setz dich."

Ich setzte mich hin.

„Granny hat mir erzählt du hast viel im Unterricht gefehlt.", sprach Mum. Granny zwinkerte mir zu.

„Ja. Ich war viel krank.", log ich und fuhr durch meine Haare.

„Das ist schlimm. Du musst dein Immunsystem stärken. So, dann werde ich mal zur Toilette gehen.", redete Mum und verließ das Zimmer.

Ich soll mein Immunsystem stärken. Das ich nicht lache. Hilft bei diesem Gen überhaupt nicht.

„Wo warst du?", flüsterte mir Granny zu.

„Bei Grandpa. Im Jahr 1999."

„Mit wem hast du telefoniert?"

Im Flüsterton sprach sie weiter.

„Sophie. Granny, ich muss mich morgen mit Grandpa und Sophie treffen. Über den Mittag mit Grandpa und nach der Schule mit Sophie im Sankt Williams Park."

„Okay. Ich werde Mum von dir fern halten. Natürlich werde ich Nil und Julia das auch sagen nicht, dass wir uns wieder Sorgen machen."

„Danke. Du bist die beste."

„Schon gut."

Am Mittag als wir alle am Mittagstisch saßen klingelte
es an der Haustür.

„Ich geh schon.", rief Julia.

Julia freute sich genauso wie ich, dass Mum wieder da ist.

„Im Ernst?", fragte mich diese als sie Mum sah.

Ich nickte bloß.

„Na toll."

Nil ist hier anscheinend der einzige der sich freut. Wenige
Minuten später kam Julia wieder.

„Ist für dich, Romy."

„Oh."

Ich stand auf und lief zur Haustür.

„Hi Romy. Wir wollten dir das hier noch vorbeibringen.
Nachdem du nicht mehr im Unterricht erschienen bist."

„Danke. Pia."

Sie gab mir den Ring sowie meine Schultasche.

„Wir mussten Mrs Pruse ziemlich ablenken damit sie
nicht nach dir suchte."

„Ok."

„Wo warst du eigentlich?"

„Kann ich das euch morgen erzählen. Hab ein Problem
an der Backe."

„Und welches?", fragte Prisella.

„Meine Mum ist wieder zurück."

„Na toll."

„Dies sagte Julia auch. Musste Mrs Teacher auch
warnen."

„Gut dann bis morgen. Wir schreiben."

Pia und Prisella verabschiedeten sich von mir. Ich schloss
die Tür. Meine Schultasche stellte ich an die Treppe. Wo tu
ich den Ring hin? Am besten in die kleine Tasche meiner

Schultasche. Den Ring tat ich da hinein. Nachdem ich wieder ins Esszimmer kam fragte Mum:

„Wer war denn da?"

„Meine Freundinnen Prisella und Pia."

„Ach so."

Ich kann nur hoffen, dass sie mich nicht noch weiter ausfragt. Bitte Tag geh schnell vorbei. Am Abend, Als ich mich in mein Bett legte, überlegte ich mir, was mich in letzter Zeit beschäftigt. Das mit Sophie und Sam, das Leben von Sophie und der einzige Ring der uns noch fehlt. Doch das mit dem Ring muss ich mit Prisella, Pia, Sophie oder Julia machen. Also bleiben mir noch zwei Dinge. Am besten das mit Sophies Leben. Nun schloss ich meine Augen und konzentrierte mich nur auf Sophies Leben. Ich sagte mir immer wieder:

"Sophie."

Bis ich tief und fest einschlief.

Kapitel 4
Visionen

Schweiß gebadet und erschrocken wachte ich auf und sah auf die Uhr. 5.46. Zeit bald auf zu stehen. Nach diesem Traum wunderte mich das nicht. Dieser Traum war schrecklich. Arme Sophie. Moment es hat funktioniert. Im Traum bin ich gereist. Muss sofort aufschreiben, was ich geträumt habe. Schnell holte ich einen Zettel und Stift und machte Licht. Setzte mich dafür an den Schreibtisch. Welches Jahr war es? Genau. 2014. Dies sagte mir Sebastian, als ich ihn fragte. Halt mal. War ich selbst dort, obwohl ich geträumt habe? Ich schrieb weiter. Es war Abend. Die Straße war voller Autos. Der Feierabendverkehr. Plötzlich sah ich Sophie aus einem Haus kommen. Sie rannte über die Straße. Dann kam ein Auto. Ich wollte Sophie warnen, aber es war zu spät. Das Auto hatte sie gerade gerammt. Die umher fahrenden Autos bremsten sowie die Fußgänger sahen dorthin. Der Fahrer stieg aus. Es war Mr Dolphin. In der Ferne sah ich einen jungen Mann. Dieser Mann lief nach vorn. Erst als er Sophie sah rannte dieser los.

„Mum, kannst du mich hören?", fragte er, nahm sein Handy und rief wahrscheinlich die Rettung.
Wenige Minuten später war die Rettung da. Genau da kam auch Sebastian aus dem Haus. Benjamin sah zu ihm hinüber. Sebastian lehnte an einer Straßenlaterne und sah wie die Rettung davon fuhr. Wieso geht Sebastian nicht zu seiner Mum? Benjamin fuhr mit der Rettung mit. Ich ging zu Sebastian.

„Hallo. Was ist denn hier passiert?", fragte ich ihn.

Erst keine Reaktion. Ich wiederholte meine Frage.

„Oh. Entschuldige. Hab dich nicht bemerkt."

Er duzt mich jetzt. Am Anfang hat er mich gesiezt, als er Sophie zu mir brachte.

„Ein Unfall. Ich war zu spät. Hätte schneller hinter ihr her laufen sollen."

„Wem?"

„Meiner Mum."

„War es schlimm?"

„Ja. Wir hatten Streit. Dann ist sie einfach aus der Wohnung gelaufen."

„Welches Jahr haben wir?"

„2014."

Das ist der Unfall bevor Sophie zu uns kam.

„Danke!"

Ich fing alles unklar zu sehn.

„Geht es dir gut?", fragte Sebastian.

„Ja. Bis irgendwann mal."

„Okay. Bye."

Dann wachte ich ja auf. Kein Wunder, wieso ich schweißgebadet war. Musste ja zu sehen, wie Sophie angefahren wurde. Ein Streit zwischen Sebastian und Sophie war die Ursache. Um was ging es noch mal? Genau. Um Sam. Warte mir fehlt noch etwas ein. Julias Theorie. Vielleicht hatte es auch mit den Canberras zu tun. Da war doch noch die Schwangerschaft. Ich muss unbedingt mit Sebastian reden. Es ist ein paar Tage vor Weinachten. Am 25.12 ist Christmasday. Bis dahin sind es noch 2 Tage. Ab Donnerstag haben wir Ferien. Ohne Pia und Prisella. Wie steh ich das durch? Jetzt geh ich mal duschen. Ich kramte aus meinem Schrank etwas Warmes heraus. Einen Wohlkragenpullover in rot. Keiner war noch wach als ich ins Bad ging.

Nach der Morgendusche fühlte ich mich freier. Gerade
war ich angezogen und bürstete meine blonden langen
Haare, als die Tür auf ging.

"Ein weißer Vogel fliegt, der Hund, das Kaninchen, der
Frosch, die Ente begleiteten es. Doch Achtung da ist
der Greifvogel und fegt über den kleinen Vogel hinweg.
Aaaaa.", rief eine Frauenstimme.

Vor mir stand Granny mit ihren großen Augen, wenn sie
eine Vision hat. Der Vogel bin ich aber der Rest Bahnhof.

"Granny alles gut. Ich bin hier."

"Oh mein Kind."

Sie streichelte mir über das Gesicht.

"Warum bist du eigentlich schon wach?"

"Aufgabe. Diesmal kannst du nicht Mums
Lieblingsschinken essen da es keinen gibt. Frühstück
gibt es ja. Was haben eigentlich die anderen Tiere für
eine Bedeutung?"

"Ich sag es dir.", flüsterte sie.

"Die Ente und der Frosch sind Pia und Prisella , das
Kaninchen Tina und der Hund Sophie. Der Greifvogel
ist der fremde Mann."

Oh je, diese Visionen von Granny muss man wirklich
verstehn. Wieso kann nicht Sam oder Grandpa dabei sein
als meine Begleiter? Komische Vision.

"Komm Granny gehen wir etwas essen."

"Oh ja. Ich hab einen Bärenhunger."

Beide verließen wir das Bad.

"Du willst uns jetzt aber nicht sagen, dass Granny
wieder Visionen hat."

"Doch heut am Morgen hat sie mich im Bad fast
erschreckt. Prisella."

„Na toll. Wo warst du gestern?"

„Im Jahr 1999 bei Grandpa und heute Nacht bei dem Unfall von Sophie."

„Bei welchem?", fragten beide gleichzeitig.

„Im Jahr 2014."

„Also dieses Jahr."

„Genau. Grandpa hat mir gesagt, dass ich unkontrolliertes Zeitreisen kontrollieren kann und das ich im Traum reisen kann."

„Wow!", rief Pia.

„Du darfst den Ring haben, wenn du willst?"

„Ich glaube es ist besser, wenn er bei dir bleibt. So bin ich noch sicher vor der Bande."

„Haben eigentlich Mrs Turner oder deine Mum ihren Ring vermisst?"

„Bis jetzt habe ich noch nichts von ihnen gehört."

„Gut. Heute über den Mittag treffe ich mich mit Grandpa. Bis zum Unterricht müsste ich wieder zurück sein. Um 15.30 mit Sophie im Sankt Williams Park, wegen Mum. Könntet ihr mich dort hin begleiten?"

„Ja. Falls du nicht bis zum Unterrichtsbeginn zurück sein solltest, lassen wir uns etwas einfallen."

„Obwohl, Prisella. Es ist Mr Matterl. Ich denke er wird es noch verstehn."

„Danke. Ihr seid echt die besten Freundinnen, die man sich wünschen kann."

Ich nahm Prisella und Pia in den Arm.

„So und jetzt schleunigst ins Klassenzimmer. Wir haben Geschichte statt Geografie. Bei Mrs Gigi"

Als wir ins Klassenzimmer kamen war Mrs Gigi schon da.

„Oh sind wir zu spät.", fragte ich.

„Nein. Setzt euch. Dann fangen wir mit dem Unterricht an." . gab Mrs Gigi zur Antwort.

Wir setzten uns auf unsere Plätze. Mrs G verteilte Blätter. Nachdem sie zu mir kam fragte Sie:

„Geht es dir besser?"

Ich rickte.

„Hab davon gehört. Schrecklich sowas."

„Ja leider."

„Bin aber froh, dass du lebst. Würde auch mal gern mit kommen."

„Können Sie gern. Vielleicht mal nach den Ferien."

„Ok."

Die Geschichtelehrerin zwinkerte mir zu und machte weiter mit dem Verteilen. Wieso will mal Mrs Gigi mitkommen auf eine Zeitreise? Vielleicht möchte sie auch mal wirklich das sehn was passiert und nicht immer so erzählen, wo sie gar nicht weiß ob es wirklich so geschehen ist. Versteh wer will? Nach den zwei Stunden Geschichte sowie Mathe durften wir nach Hause. Schnell liefen Pia, Prisella und ich zu mir nach Hause. Als ich im Gang war kam Granny.

„Dein Mittagessen hab ich dir ins Zimmer gestellt."

„Danke Granny."

In Windes Eile war ich oben. Das Mittagessen waren Sandwitchs mit Wurst und Käse und Kekse. Es war auf einem Tablett angerichtet. Ich nahm den Zettel, die Schultasche, den Ring sowie das Tablett. Den Ring steckte ich mir vorher an die Hand. Ich drückte darauf, sprach den Spruch und verschwand mit allem an mich gedrückt.

„Hallo Romana. Kann ich dir etwas abnehmen?", begrüßte mich Grandpa.

„Ja. Das Tablett."

Grandpa nahm es mir ab.

„Oh Sandwichs."

„Hat Granny gemacht. Wenn du magst kannst du einen nehmen."

„Liebend gern. Sie macht immer so leckere Sandwichs."

Wir setzten uns an den Schreibtisch und aßen jeder ein Sandwich.

„So und hat es funktioniert."

„Emmh ja. Hier ist der Zettel."

Ich gab ihm den Zettel.

„Im Jahr 2014. Aus dem Jahr kommst du doch."

„Ja, aber es ist der…"

„Unfall von Sophie."

„Genau."

„Du hast gute Arbeit geleistet. Das Traumreisen beherrscht du gut. Nun musst du das unkontrollierte Zeitreisen kontrolliert noch besser können. Bis wann musst du wieder zurück sein?"

„In einer Stunde."

„Gut dann üben wir. Die Kekse kannst du danach noch essen."

„Ok."

„Also setzten wir uns auf den Boden. Am besten hier."

Neben dem Regal nahmen wir Platz. Gegenüber saß Grandpa.

„So nun leg die Arme auf die Oberschenkel."

Ich legte meine Arme auf die Oberschenkel.

„Dann schließ deine Augen und konzentriere dich. Du wirst jetzt in ein Jahr reisen, wo ich dir vorgebe."

„Welches Jahr?"

„Der 6.Juni 1989. In diesem Haus. Du wirst Granny

begegnen."

„Gut."

„Bereit?"

Ich nickte und schloss meine Augen. Sehr schwierig ist es sich zu konzentrieren, aber ich muss es tun. Je mehr ich dies tat desto besser beherrsche ich es. Nun spürte ich wieder, dass die Strahlen kamen und ich löste mich in Luft auf. Der 6.Juni 1989 war schön. Ich landete auf dem Sofa. So weich landen ist ein Erfolg. Gegenüber von mir saß Grandma auf dem Fernsehstuhl und sie schnarchte. Musste mir das Lachen verkneifen. Auf dem Tisch sah ich ein Glas stehen. Da ist sicherlich Gin Tonic drin. Ich lief zu ihr hin.

„Guten Tag Granny! Zeit zum aufwachen."

„Nicht jetzt Caroline. Spiel weiter.", sprach sie und schlief weiter.

Wie bekomme ich sie wach. Mit sanftem Wecken oder mit einem Wecker. Nein. Das ist doch eine gute Idee.

„Grandpa ist umgefallen und liegt leblos da."

„Was?"

Erschrocken öffnete sie die Augen.

„Wer sind Sie?", fragte Granny mich als sie mich sah.

„Ich bin eine Vision."

„Na bitte. Erzähl mir Vision was hast du mir zu sagen."

Granny hat wahrscheinlich schon den ein oder anderen Gin Tonic zu viel.

„Was willst du hören?"

„Die Zukunft."

Und nahm einen Schluck von ihrem Getränk.

„Also von dir."

„Genau."

„Du warst im Jahr 1994, 1997, 1998, 2002 und 2006

Granny."

„So viele Kinder wird Caroline haben."

„Nein. Nur 3 Kinder. Die anderen zwei sind von deiner zweiten Tochter."

Fragend sah mich Granny an. Ich spürte, dass mir schwindlig wurde.

„Machs gut."

„Bye Zukunftsvision."

Ich hörte noch einen Satz bevor alles verschwamm vor meinen Augen.

„Noch eine Tochter. Komische Vision."

„Gut gemacht.", redete Grandpa, als ich ankam.

„Du wirst immer besser. Wie war es bei Granny?"

„Ich hab ihr gesagt ich sei eine Vision."

„Oh je. Sie hatte sicherlich den ein oder anderen Gin Tonic zu viel."

„Jeep. Richtig erraten."

„Ihre Visionen."

Granddaddy schüttelte dabei den Kopf.

„Sei froh, dass du nicht von ihr morgens im Bad oder beim Schlafen erschreckt wirst."

„Macht sie das?"

„Ja. Heut am Morgen zum Beispiel. Im übrigen Mum ist wieder da."

„Ach herrje. Wie bist…"

„Granny kann gut ablenken sowie Julia und Nil."

„Tip Top. Nun kannst du die Kekse essen."

Zeitreisen macht hungrig genau wie Granny nach ihren Visionen. Ich nahm einen Keks und stopfte den in meinen Mund.

„Du musst bald wieder zurück. Eins solltest du noch

wissen. Das unkontrollierte Zeitreisen ist gefährlich also pass auf, wenn du übst. Die Verteidigung müssen wir noch üben."

„Ja. Jetzt hab ich Ferien. Da hab ich viel Zeit zum üben."

„Gute Idee. Da triffst du dich mit Sam."

„Mach ich."

Mein Ring leuchtete.

„Du musst."

„Stimmt. Hab noch Musik."

„Viel Spaß dabei."

„Danke!"

Meine Schultasche drückte ich an mich sowie auf den Ring.

„Mitten im Unterricht landen ist Kunst.", sprach Pia.

„Alle haben ganz blöd geguckt als du auf einmal so aufgetaucht bist.", redete Prisella.

„Ja, ich weiß."

Mr Matterl oder Lucas hat mich sofort gefragt:

„Wie geht es dir?"

„Besser. Und Ihnen?"

„Auch wieder besser."

Sein Gesicht war blass. Wahrscheinlich sah er immer noch das Bild vom Freitag. Wenigstens haben wir beide überlebt. Ich muss etwas überlegen für ihn, da er mit mir dort war. Weiß auch was. Aber jetzt muss ich erst mal mich verteidigen üben.

„Romy!", riefen Pia und Prisella.

„Ja."

„Warst du gerade in Gedanken bei…"

„Hört auf damit. Darf ich mich vorbereiten auf das Treffen mit Sophie."

„Oh ja stimmt. Im Sankt Williams Park. Sind ja auf dem Weg dorthin."

Manchmal frag ich mich oft, ob Prisella immer so doofe Sätze bringen muss. Die Kälte kroch durch meinen Mantel. Es ist kalt. Dafür schneit es nicht. Trotzdem hört man ab und zu den Schnee knirschen unter den Füßen. Die Stiefel sind wenigstens warm. 500 Meter noch bis zum Park.

„Aber ihr wollt doch nicht den ganzen Tag im Park bleiben."

„Wohl. Zu Sophie nach Hause ist es zu weit. Sie wohnt in der Stadt."

„In London natürlich."

„Ne, Prisella. In der Stadt. Hier in der Nähe."

„Oh je. Dann friert mal."

„Prisella."

Mit Pia gleichzeitig.

„Was?"

Im Park war es genauso Menschenleer wie das letzte Mal. Am Lindenbaum stand eine Frau mit einem grünen Mantel und einer blauen Mütze. Ihre schwarzen Stiefel gingen bis zu den Knien. Die Mütze war genau wie meine nur, dass meine rosa war. Den gleichen Geschmack haben Sophie und ich. Sie fuhr mit ihrem Finger über das Herz.

„Ach wär diese Liebe nie zu Ende gegangen. Ich hab ihn geliebt sowie ich ihn jetzt immer noch liebe."

Ohoh. Sophie muss Sam immer noch lieben. Dies hat sie mir gestanden bei einer Zeitreise. Der Schmerz ist zu groß. Autsch. Tut sicherlich sehr weh.

„Hallo Sophie!", riefen wir im Chor.

„Ach Hallo. Hab gar nicht gemerkt, dass ihr schon da seid."

Sie wischte sich eine Träne von der Wange.

„Wir werden gleich gehen. Romy bleibt. Na, dann bis morgen."

„Ja. Tschüss."

Pia und Prisella spazierten den Weg weiter hinunter.

„Na. Wie war es in der Schule?"

„Es ging gut."

„Das freut mich. Du siehst auch besser aus."

„Wie geht es dir?"

„Mir geht es gut."

„Tut es immer noch weh."

„Was?"

Ich zeigte auf das Herz.

„Das meinst du. Es tut noch weh."

„Möchtest du mir es erzählen?"

„Ja. Sam wird es dir nicht sagen. Entschuldige wegen Samstag. Ich hatte Angst um dich deswegen hab ich deine Frage nicht beantwortet. Doch jetzt beantworte ich deine Frage."

„Schon gut. Fang an."

„Im Jahr 1989 lernten Sam und ich uns kennen. Nicht 1993. Wir liebten uns so sehr und hielten unsere Liebe geheim. Mary wollte nicht, dass ich hier komme im Jahr 1993. Ich aber hab alles daran gesetzt wegen Sam."

„Wieso bist du nicht zu Sam gezogen?"

„Es durfte keiner wissen. So hab ich Granny geschrieben."

„Lass mich raten. Dies hat Mary rausgefunden."

„Ja. Mary fing mit mir an zu streiten und wollte mich nicht mehr sehen."

Kein Wunder. Mary wollte nicht, dass die Wahrheit raus kommt, denn die Canberras, sowie Tina wohnten hier. Damit es nicht raus kommt muss Mary handeln. Die Frage ist ob Tina wirklich ein Opfer der Bande war oder gar von Mary.

„Wusstest du, dass Granny und Mary Freundinnen waren?"

„Nein."

„Was ist deine Meinung was passiert ist?"

„Keine Ahnung. Streit."

„Genau. Und um was ging es?"

Sophie zuckte mit den Schultern.

„Dasselbe wie zwischen Mum und dir."

„Du meinst, ein Mann."

„Grandpa."

„Mary wollte Grandpa."

„Wie bei Caroline und mir mit Sam."

Ich nickte.

„Kannst du vielleicht auch noch deine Geburt erklären?"

„Nein."

„Mary hat etwas schreckliches getan. Wie Caroline dir."

„Den Mann weggenommen."

„Nein. Wieso wächst du bei Mary auf?"

„Moment. Deswegen."

„Jupp. Mary lässt ihr Kind umbringen tauscht es um gegen Granny ihrs, weil sie beide im selben Krankenhaus sind."

„Das heißt ja die Adoption ist gelogen. Aus Rache. Ich weiß nicht, wie ich es dir danken kann, dass du mir die Augen öffnest."

„In dem, dass du mir hilfst und mich zu Sam begleitest in den Ferien. Soll mich verteidigen lernen."

„Ich helfe dir."

Ernsthaft. Sie will mir helfen oder doch nur Sam sehen. Bin mal gespannt wie gut das kommt.

„Apropos. Kennst du eine Violetta Sydney?"

„Nein."

„Ihre Granny ist Mary sowie ihr Grandpa Bill ist. Hab Bill selbst getroffen in der Vergangenheit."

„Davon weiß ich nichts."

„Violetta Sydney ist genau meine Schulkollegin."

„Das ist nicht gut."

„Eben. Deshalb wollt ich mit dir reden. Da Violetta Pia und mich beschützen will."

„Irgendwas stimmt nicht. Romy versprich mir, dass du dich nicht auf das Spiel einlässt. Sonst bist du verloren. In den Ferien müssen wir aufmerksam sein. Ich begleite dich überall hin. Doch Caroline wird es uns nicht einfach machen."

„Sophie, du solltest mir vertrauen. Du kannst mir auch helfen sowie Sam. Damit ich sicher bin. Würdest du mich morgen zu Sam bringen?"

„Wenn es dein Wunsch ist, werde ich es tun. Wann am besten?"

„Nach der Schule."

„Gut. Ich werde da sein. Bin ja morgen auch früh fertig. Da ja Weihnachten übermorgen ist."

„Das ist perfekt. Aber wir beide können nicht zusammen Weihnachten feiern wegen Mum."

„Ich weiß. Es sei denn, Granny dreht alles so, dass wir doch noch ein Familienfest haben."

„Vielleicht."

„Musst du nach Hause?"

„Granny wird sich sicherlich etwas einfallen lassen, dass ich nicht nachsitzen muss. Das heißt um 17 Uhr müsste ich zu Hause sein. Zu dir nach Hause ist es zu weit um weitere Dinge zu besprechen."

„Weißt du was, ich kenn einen Ort wo wir ungestört reden können."

„Wirklich?"

„Ja. Komm mit."

Wir liefen durch den Park zur Straße. Mir war langsam kalt geworden vom Stehen in der Kälte. Durch das Laufen wurde es mir wieder warm. Ich folgte Sophie. An der Straße bogen wir links ein in eine Seitenstraße. Ungefähr in der Mitte der Straße an einem gelben Haus blieb Sophie stehen und nahm aus ihrer Jackentasche einen Schlüssel. Das gelbe Haus war gegenüber von einem Store. Genau in diesem Store holt Granny immer ihre Bonbons.

„Jimmys Lollypop" So heißt der Store.

„So komm rein."

Ich lief in das gelbe Haus. Hinter mir fiel die Tür ins Schloss und Sophie sperrte zu. Dann machte sie Licht.

„Wow. Ich wusste gar nicht, dass du hier noch eine Wohnung hast."

„Ich wohnte hier, nachdem ich von Granny auszog und nicht so schnell unter dem Schuljahr gehen konnte. Du kannst deine Jacke abziehen sowie die Schuhe. Währendem mach ich uns Tee."

Ich nickte und Sophie verschwand im nächsten Zimmer. Ich zog dann die Jacke ab. Die Jacke hängte ich an die Garderobe. Ich spazierte in den Raum rechts von dem Gang. Das ist wahrscheinlich das Wohnzimmer. Nun sah ich eine Kommode. Auf der Kommode standen Figuren sowie ein Bild. Ich ging zur Kommode hin und betrachtete das Bild. Auf dem Bild waren Sophie und Sam. Sophie war da noch sicherlich 20 Jahre jünger. Die Augen von Sophie sahen aus wie Tinas. Die blauen Augen haben nur die Canberras sowie das blonde Haar. Da war Sophie so glücklich. Auch Sam. Die beiden gehören einfach zusammen.

„Soll ich die beiden wieder zusammen bringen? Ist das meine Aufgabe?", dachte ich mir.

„Der Tee ist fertig. Jetzt können wir weiter reden. Romana."

„Emmh ja."

Meine Tante riss mich aus meinen Gedanken.

„Ist es das Bild?", fragte sie mich.

„Es ist alles okay. Nichts Schlimmes."

„Sam und ich waren sehr glücklich."

„Ich seh's. Wieso seid ihr nicht zusammen geblieben? Und du heiratest einfach einen Mann, den du nicht liebst."

„Sam wollte bei Caroline bleiben wegen dir."

„Das hätte mein Dad nicht müssen. Er hatte schon zwei Söhne und eine wundervolle Frau, die er liebt."

„Romana, dein Dad gab nur seine Familie auf, weil du etwas besonderes bist. Er wusste alles über das Gen und wollte dich beschützen."

„Wie lange warst du hier?"

„Bis zum Sommer 97."

„Genau ein paar Tage später wird Tina ermordet. Du hättest Tina beschützen müssen vor der Bande. Wusstest du es überhaupt, dass Tina bei einem Unfall ums Leben kam."

Sophie brach in Tränen aus und setzte sich auf das Sofa. Mir tat Sophie jetzt leid und setzte mich zu ihr. Ich tröstete sie.

„Es war nicht so gemeint. Du bist die, der das Herz

gebrochen wurde und nicht Caroline." „Schon gut. Du hast recht. Ich hätte Tina beschützen können, nachdem ich wusste, dass sie ein Gen hat und mir oft ihre Vermutung geäußert hatte. Ich hab nicht gehört und bin einfach fort. Tina und ich waren oft zusammen. Sie hatte vieles raus gefunden. Die Dolphins waren nicht ihre richtige Familie."

„Du weißt also, wer Tinas Eltern sind."

„Ja. Dank dir. Tina erzählte es mir nicht."

Stimmt. Tina wusste wer ihre Eltern waren. Tinas Dad kennen wir mittlerweile auch schon. Sam. Momentmal.

„Sophie, kam dir Mr Dolphin bekannt vor?"

„Naja irgendwie schon, weil er Hillarys Mann war. Bei Sam war es komisch als wir uns 1989 kennenlernten. Er sagte ich sehe aus wiejemand den er 1981 kennenlernt hatte und 1982 hatte diese Frau einen Unfall. Kannte Sam nicht. Wusste nicht wer er war."

„Sophie, du hattest einen Unfall und konntest dich an nichts erinnern."

„Das hast du mir das letzte Mal gesagt und das Tina meine Tochter ist."

Tina und ich sind Geschwister. Halbgeschwister. Sophie und Sam haben sich schon 1981 kennenglernt anstatt 1993 oder 1989. Nachdem Sophie sich an nichts erinnern konnte traf sie Sam zufälligerweise im Jahr 1989 wieder. Die Liebe zu den beiden ist so groß, dass sie sich immer wieder treffen. So wie am Freitag. Das Schicksal lässt es immer wieder zu.

„Hatte ich die ganze Zeit Unfälle und kann mich da nach an nichts erinnern?"

„2 waren es."

„Ein Fluch ist über mir."

„Mach dich nicht verrückt. Du bist nun sicher vor Mary."

Sophie holte tief Luft.

„Trotzdem kann sie mir auflauern."

„Heißt das nicht nur ich, sondern du auch bist in Gefahr."

„Wahrscheinlich."

„Mary weiß aber nicht, dass du die Wahrheit weißt."

„Nein."

„So wird sie nicht nach dir suchen. Im Übrigen über das Gen gibt es etwas Neues."

„Und was?"

Sophie schnäuzte sich die Nase und nahm dann einen Schluck von ihrem Tee.

„Ich hab die Fähigkeit unkontrolliertes Reisen kontrolliert zu tun sowie im Traum auch. Grandpa trainiert es mit mir sowie das Verteidigen in der Vergangenheit, aber Sam soll mir hier helfen in der Zukunft."

„So kannst du mehr wie alle anderen Gens vor dir."

„Ja."

„Deswegen will die Bande dich aus dem Weg räumen."

„Vielleicht. Du sollst mir aber auch helfen, weil du über das Gen Bescheid weißt und Mum nicht."

„Ich helf dir."

„Würdest du mit mir gemeinsam den letzten Ring holen?"

„Ja. Aber auf diesen Zeitsprung müssen wir uns vorbereiten. Am besten gehen wir in den Ferien. So fehlst du nicht im Unterricht."

„Abgemacht."

Ich nahm auch noch einen Schluck von dem Tee.

„Du machst den Tee genauso gut wie Granny. Ihr seid verwandt."

Sophie lächelte jetzt und sah zum Fenster während ich an meinem Tee nippte.

„Sophie an was denkst du gerade?"

„Emmh. An nichts."

„Wohl. Lass mich raten. Sam."

„Du kennst mich schon gut. Das hab ich wirklich."

„Ist es nicht gut, wenn es morgen zu Sam geht?"

„Doch."

„Bin ich dann im Weg?"

„Nein ganz und gar nicht. Ich tu es für deine Sicherheit und…"

„Weil du Sam sehen willst."

Sie nickte.

„Du machst mir nichts vor." „

„Muss mir nur etwas einfallen lassen was ich Beni und Sebastian sage, wo ich bin."

„Heißt das sie wissen von nichts."

„Aber ahnen können sie es."

Ich schmunzelte.

Das ist wie bei Julia. Julia weiß auch immer, wo ich hin gehe ohne, dass ich es ihr sage. Mein Blick wanderte zur Uhr. Es ist zwei Minuten vor 5.

„Sophie, ich muss gehen."

„Oh ja. Nicht. dass Caroline noch drauf kommt. Ich begleite dich bis zu Tür."

Schnell standen wir auf, veräumten die Tassen und zogen uns an. Schon waren wir auf dem Weg zu Granny.

In mein warmes Bett kroch ich. Schön warm. Mein Wuschelpyjama gab auch noch Wärme. Draußen ist es sehr kalt geworden. Die Tees haben mich aufgewärmt. Der Tag heute war erfolgreich. Ich hab mehr erfahren über Sophies Leben und lerne besser das unkontrollierte Zeitreisen kontrollieren. Ein besserer Name für das wär... Emmh. Ich überlegte. Genau. Romanisiertes Reisen. Das Traumreisen sophietatisches Reisen. Dies muss ich sofort aufschreiben. Schnell holte ich ein Buch und einen Stift. Ich schrieb. Dies ist vielleicht besser, wenn ich aufschreibe in welches Jahr ich gereist bin. Was für eine Art von Zeitreisen. So fing ich an alles niederzuschreiben. Von den Zeitreisen zur Lady Church, Sophie, Grandpa etc. Ein Zeitreisetagebuch. Ich schrieb und schrieb bis ich ein schlief.

„Der Hund wird verfolgt von dem Greifvogel. Dieser Hund geht in ein Haus. Der Greifvogel geht hinter her und ergreift den Hund. Es jault der Hund. Kurz darauf kommt der weiße Vogel. Der weiße Vogel wird vom Greifvogel... Oh nein. Er wird gequält wie der Hund. Der Greifvogel schnappt beide und fliegt davon. Neeeeiiinnn!", sprach Grandma.
Schnell schoss ich hoch aus dem Schlaf.

„Granny, musst du mich so erschreckenß? Es ist alles gut."

„Nein gar nichts ist gut."

„Was ist Granny?", fragte ich besorgt.

„Ich hatte wieder eine Vision."

„Schon wieder."

Das ist nicht normal, dass Granny auf einmal zwei Visionen am Tag hat. Irgendwas ist im Busch.

„Ja."

„Was hat die Romana diesmal gemacht in deiner Vision?"

„Der Hund ist Sophie. Sie wurde verfolgt und gequält. Du kamst etwas später dazu. Dann wurdest du genauso gequält. Der Unbekannte nahm euch mit."

„Also der Greifvogel."

„Ja genau."

„Granny, das ist absurd."

„Hör darauf Romy."

„Na gut. Ich werde aufpassen sowie auf Sophie."

„Das ist mein Mädchen. Was hast du eigentlich gemacht?"

Sie zeigte auf das Buch.

„Ich hab meine Zeitreisen aufgeschrieben. Sowie welche Arten von Zeitreisen. Bin gerade bei der Hochzeit von Miss Mary Jane stehen geblieben."

„Versteck es gut. Nun musst du mich entschuldigen. Hab schrecklichen Hunger."

Granny war schon an der Türe.

„Warte!"

„Ja."

„Feiern wir mit Sophie zusammen Weihnachten?"

„Es wird schwierig werden wegen Caroline."

Ich machte ein trauriges Gesicht.

„Mal sehn was sich machen lässt."

Ich lächelte.

„Danke, Granny!"

„Nichts zu danken. Gute Nacht."

„Gute Nacht!"

Granny verließ mein Zimmer. Ich sah auf die Uhr. 23.16 zeigte die Uhr. Nein. Weiter schreiben tu ich nicht, denn ich brauch Schlaf. Ich löschte das Licht und drehte mich auf die linke Seite. Sofort schlief ich ein.

Kapitel 5
Das erste Gen

Sophie bog gerade in die Straße ein wo Sam wohnte, als sie mich fragte:

"Du bist so still. Was ist los?"

"Granny hatte gestern zwei Visionen. Die zweite hat mir Angst gemacht."

"Diese Visionen muss man nicht ernst nehmen."

"Doch Sophie. Diese Visionen stimmen."

"Um was ging's?"

"Um dich und mich. Es wird etwas passieren."

Sophie schluckte.

"Sophie wir müssen zusammen halten. Erstmal sind wir sicher bei Sam."

Nichts gab Sophie darauf. Sie hielt an und wir stiegen aus.

"Hier wohnt also Sam. Hübsches Anwesen."

"Du wirst erst staunen, wie es drinnen aussieht."

Sie nickte und wir liefen zu Tür. Die Tür machte wie immer Mrs Bill auf.

"Kommt rein.", sagte sie.

Im Haus war es schön warm. Wir trafen Sam natürlich wieder in seinem Arbeitszimmer an.

"Hallo Romy und…"

Sam verschlug es die Sprache.

"Da staunst du. Dad. Ich dachte mit Sophie wär es sicherer hier her zu kommen."

Er war sehr überrascht. Mit dem hatte er nicht gerechnet.

Sophie und Sam sahen sich gegenseitig eine Weile an.

"Hallo nicht flirten. Ich muss lernen mich zu verteidigen."

„Emmh ja.", sprach Sam und Sophie lächelte.

„Hier ist noch ein Buch meiner Zeitreisen."

Ich krustelte das Buch aus meinem Rucksack und gab es Sam. Sam blätterte es durch.

„Also lernst du gerade das… Was?"

„Das romanisierte Reisen ist unkontrolliertes Zeitreisen kontrolliert. Und das sophietatische Reisen das Traumreisen."

„Sie muss dich sehr gern haben, dass Romy gleich eine Art von Reisen nach dir benennt. Du kommst deinen Pflichten nach. Sophie."

„Ja für so ein besonderes Mädchen schon."

Hab ich das gerade richtig verstanden. Wie ihren Pflichten nachkommen? Welche Pflichten? Was weiß ich hier nicht? Mit fragendem Blick sah ich sie an.

„Das ist gut Romy, aber was brauchst du jetzt?"

„Ich soll dir von Grandpa sagen. Du sollst mir lernen mich zu verteidigen."

„Auch nicht schlecht. Wie kommt er da drauf?"

„Wegen der Bande. Dass ich mich aber auch in der Zeit verteidigen kann. Nicht so wie das letzte Mal, wo mir der Mann da mit seinem Degen gedroht hat und ich nichts Besseres gewusst hab wie Ohnmächtig werden."

Sam musste lachen.

„Was? Außerdem war es ja Mrs Gigi Idee. Ich möchte mich aber verteidigen können."

Dies sagte ich in einem strengen Ton.

„Schon gut. Ich werde es dir beibringen. Du brauchst Training dafür. Der Weg von dir bis zu mir ist zu weit. Wir müssten in der Nähe von Granny sein."

„Wie wärs wenn ihr in meiner Wohnung trainiert. Die befindet sich in der Nähe. "

„Sophie das wäre nett von dir."

„Schon gut. Man muss ja unser Schmuckstück
  vorbereiten."

Schmuckstück. Hallo. Wie nennt sie mich.Vorallen Dingen
unser Schmuckstück. Um es noch unter Anführungszeichen zu setzen. „Unser". Was soll das? Langsam könnten
sie aufhören mit der heimlichtuerei.

„Hey Leute. Könnt ihr mal aufhören mit diesen
  Spitznamen. Bitte. Können wir jetzt anfangen bevor
  noch Stunden vergehn und Granny sich nichts mehr
  einfallen lassen kann wegen Mum."

„Schon gut. Wir fangen an.", sprach Sam und
  zwinkerte Sophie zu.

„Also nun sollten wir uns aufwärmen."

Das Aufwärmen dauerte schon eine gefühlte halbe Stunde. Das schlimmste war, wenn die beiden neben her flirten
mussten. Manchmal frag ich mich echt ob ich im verkehr-
ten Film bin oder die beiden. Das erste was ich von Sam
lernte war Boxen.

„Du musst deine Wut zeigen. So. Ahh. Zeig sie.", sagte
  Sam.

„Ok.- Ahh."

„Schon viel besser. Nochmal."

Dann machte ich es nochmal.

„Gut. So können wir weiter machen."

„Dad, Sophie und ich wollen zu Louise Marie von
  Preußen, wegen dem Ring."

„Wann wollt ihr das machen?"

„Keine Ahnung. Irgendwann in den Ferien."

Sam nahm seinen Terminkalender vor.

„Wie wär es mit übermorgen 26.12."

„Das ist gut."

„So habt ihr von mir noch Rückendeckung wegen Caroline."

„Danke Dad!"

Danach machten wir weiter.

Die Weihnachtsfeiertage waren für mich nicht so erfreulich, denn es gab kein Familienfest wegen Mum, da sie immer noch so eifersüchtig ist. Ich hab es gemerkt nämlich als Nil meine Tante ihren Namen sagte. Granny hat dann sofort auf ein anderes Thema hingelenkt. Von Granny gab es gestrickte Mützen, Schals und Handschuhe. Das Training mit Sam und Sophie war für mich ein schöneres Fest. Sophie wollte ja unbedingt beim Training dabei sein. Wegen wem? Wusste ich sofort. Natürlich wegen Sam. War es doch das, was ich schon sah als sie das letzte Mal bei mir im Zimmer waren. Die Liebe. Ein Fortschritt für die beiden. Wir lachten und hatten Spaß. Sam hatte ich noch nie so fröhlich gesehen wie beim Training. Die Reise zum ersten Gen ist dran. Sam ging mit uns die Checkliste durch.

„Dad du brauchst Sophie nicht mehr so viel sagen. Sie war schon öfters mit dabei."

„Ohh. Gut. Seid ihr bereit?"

Wir nickten.

„Passt auf euch auf.", sprach Sam.

Ich drückte auf meinen Ring.

„Romana, wie lautet dein Passwort?"

Sophie nahm meine Hand und wir gaben zur Antwort.

„Durch Raum und Zeit zu reisen ist nicht schwer denn durch das Zeitreisen ist dir Macht gegeben."

Mit einem rosanen Strahl verschwanden wir.

Das Jahr 1745 der genauere Tag 25. Jänner in Preußen war sehr kalt. Deswegen hatten wir unsere Mäntel, Mütze etc. angezogen. In Preußen zu sein ist für mich neu, da ich nicht wusste ob es funktioniert ins Ausland reisen in der Zeit. Obwohl nach London konnt ich ja auch reisen im Jahr 1982. So geht das schon. Sophie und ich landeten in einen Schlosshof. Das Schloss hatte graue Mauern. Wir liefen zu einer großen Tür. Ich öffnete diese Tür.

„Dürfen wir hier einfach rein?"

„Ja, Sophie. Komm."

Meine Tante und ich gingen hinein. Dort standen wir bei einer Treppe mit rotem Teppich. Die Treppe hinauf giengen wir und da war ein Flur.

„Wohin müssen wir jetzt?"

„Nach rechts.", gab ich zur Antwort und folgte meinem Instinkt.

Der Gang war mit Marmor oder irgendein anderer Steinboden und mit einem roten Teppich ausgelegt.

„Bist du dir sicher, dass wir hier richtig sind?"

„Ja. Sophie. Warte!"

Von Weitem hörte ich Schritte. Diese Schritte kamen immer näher. Mein Atem stockte, weil ich nicht wusste was auf uns zu kam. Verstecken konnte man sich hier auch nicht. Eine kleine, dünne Gestalt mit einem hell rosanen Barockkleid und brauner Perücke stand vor uns.

„Wer seid ihr?", fragte die zierliche Mädchenstimme.

„Ich bin Romana Canberra."

„Ich bin Sophie Self. Und Ihr?"

„Man nennt mich Pralinè von Preußen, weil ich immer aussehe wie eine Praline. Deswegen heiß ich so. Die Tochter des Herzogs Friedrich von Preußen."

Na super. Unsere Vorfahren waren Adlige.

„Ist Ihre Schwester Louise Marie von Preußen?", fragte
Sophie.

„Ja."

„Wir möchten gerne zu ihr."

„Ich kann euch zu ihr bringen. Meine große Schwester
Louise Marie ist gerade zu Besuch mit ihrem Mann und
Kind. Sie wird sich sicherlich freuen. Folgt mir."
Pralinè ist ein sehr freundliches Mädchen. Ihr Alter ist
wahrscheinlich 7 älter eher nicht. Wir folgten Pralinè.

„Bloß gut bin ich euch entgegen gekommen. Bei Karl
oder Ludwig wärt ihr wahrscheinlich in den Kärger ge
kommen.", sprach Pralinè.

„Wer sind Karl und Ludwig?", fragte Sophie.

„Unsere Diener.", gab Pralinè zu Antwort.

„Woher seid Ihr?"

„Aus Großbritannien."

„Oh dann müsst ihr weit gereist sein."

„Jahrhundertsprünge."

„Wirklich?"

„Ja."

„Romana Ihr könnt dasselbe wie meine Schwester?"

„Möglich. Deshalb wollen wir zu ihr."

„Seit ihr beide aus der Zukunft?"
Wir nickten.

„Oh sag das nicht zu laut hier. Mein Vater, der Herzog
glaubt daran nicht sowie alle hier außer Louise Marie
und ich. Da Louise Marie es kann."

„Hat sie sowas hier?"
Ich zeigte Pralinè meine Hand mit dem Ring.

„Ja. Ihr wird immer schwindlig, wenn sie reisen muss."

„Genau wie mir."

„Wir müssen aufpassen, denn sonst werdet ihr als

Hexen verkauft. Also nicht mehr davon reden bis ihr mit Louise Marie allein seid."

„Gut."

„Ihr müsst euch andere Namen überlegen falls euch jemand fragt."

„Lady Tiger und Lady…"

„Marple.", redete Sophie.

Ich sah sie verdutzt an. Erinnert mich irgendwie an Grannys Filme mit Miss Marple. Ein Krimi wohl bemerkt.

„Das sind gute Namen. Lady Tiger und Lady Marple. Hört sich sehr britisch an. Wir sind da. Wartet hier!", sprach Pralinè und verschwand in dem Raum mit einer weißen Tür, die angelehnt war.

Man hörte genau was die Personen darin sprachen.

„Für Louise Marie ist Besuch da.", hörte man Pralinès Stimme.

„Wer ist es?", fragte eine Frauenstimme.

„Eine gewisse Lady Tiger sowie Lady Marple warten vor der Tür auf Sie."

„Pralinè lass sie eintreten."

Pralinè kam aus dem Zimmer.

„Ihr könnt kommen."

Sophie und ich traten ins Zimmer. Das Zimmer war mit weißen Kommoden sowie einem Schrank ausgestattet. Auf einem Stuhl saß eine Frau mit einem Kind. Die Frau hatte eine weiße Perücke und ein gelbes Kleid an. Das Kind müsste wahrscheinlich Lady Tiger sein. Leider wurden Frauen in diesem Jahrhundert sehr früh verheiratet. Lady Tiger ist erst drei Jahre alt. Louise Maries rosanen Wangen waren von ihrer Jugend geprägt. Sie ist jetzt ungefähr 19 Jahre alt.

„Guten Tag Lady Tiger und Lady Marple. Freu mich

über euren Besuch. Welche Ehre verschafft mir euer Besuch?"

„Wegen deiner Fähigkeit.", gab Pralinè zu Antwort und lief zu Louise Marie.

Pralinè im Flüsterton zu Marie Louise.

„Die beiden Ladys sind aus der Zukunft. Ihre wirklichen Namen sagen sie dir noch."

„Gut. Nimm du Elisabeth und schau, dass niemand hier rein kommt und keiner davon erfährt."

„Wird gemacht."

Pralinè nahm Elisabeth und verließ das Zimmer durch die Tür. Elisabeth so hieß also Lady Tiger mit Vornamen.

„Ihr habt Glück. Mein Mann ist mit dem Herzog auf der Jagd. Wer seid Ihr?"

„Romana Canberra."

„Sophie Self."

„Wer von euch hat das Gen?"

„Ich. Sophie kam nur mit."

„Nun seh ich es an dem Ring. Ihrer ist Rosa. Meiner weiß. Aus welchem Jahr seid ihr?"

„2014."

„Oh. Das ist weit in der Zukunft. Ist das hier nur ein Zeitsprung?"

„Nicht direkt. In der Zukunft brennts. Eine Bande hat es auf uns Genträger abgesehen."

„Das ist schrecklich."

„Sie sind das erste Gen. Wer hat Ihnen eigentlich den Ring gegeben?"

„Wegen den unkontrollierten Reisen bin ich meistens bei Kriegen oder noch schlimmer bei der Pest gelandet, da hab ich diesen Ring anfertigen lassen von einer Frau, die man leider als Hexe bezeichnet hat."

„Lebt diese Frau noch?"

„Ja versteckt in einer Höhle."

„Sag mal, machst du für alle Gens die Ringe und rechnest aus, wann das Gen weiter gegeben wird?", fragte ich.

„Das kann ich nicht sagen. Besuch mich mal 20 Jahre später oder so."

Ich nickte. Irgendwas ist merkwürdig. Louise Marie ist die Erste mit einem Gen und lässt einen Ring für sich anfertigen. Wird eigentlich Louise Marie ermordet? Sophie stupfte mich an.

„Sind wir nicht wegen dem Ring hier?"

Oh ja, das hätte ich jetzt glatt vergessen.

„Wir bräuchten Ihren Ring. Der Ring von Ihnen fehlt noch."

„Für was braucht Ihr den Ring?"

„Wenn man alle Ringe zusammen steckt soll etwas wunderbares geschehn. Wahrscheinlich wird das die Bande aufhalten."

Louise Marie nickte nun.

„Ich geb den Ring euch, wenn er in der Zukunft hilft und die Bande aufhält."

Meine Vorfahrin kam zu mir und gab mir den Ring.

„Hier. Was wird mir geschehen in der Zukunft?"

„Keine Ahnung. Doch Ihre Tochter wird ermordet werden bei einer Hochzeit im Jahr 1770. Aber irgendwie auch nicht."

„Wieso nicht?"

„Da meine Freundin Pia, Tina, Sophie und ich sie gerettet haben. Das heißt wir haben die Zukunft verändert."

„Das ist unmöglich."

Louise Marie schüttelte den Kopf.

„Niemand kann die Vergangenheit verändern."

Mein Ring fing an zu blinken.

„Oh wir müssen zurück."

„Ist gut. Besuch mich noch später im Jahr 1759 Im Sommer. Juli. der 8. Hat mich gefreut euch kennen zu lernen."

„Uns auch."

Ich drückte auf den Stein und nahm Sophies Hand. Kurze Zeit später lösten wir uns in Luft auf.

Kapitel 6
Lady Churchs Überraschung

„Sag mal was hast du die ganzen Ferien gemacht?",
fragte mich Pia, als wir am Mittwoch des neuen Jahres
2015 nach den Ferien vor den Spinden standen.
   „Naja. Viel gelernt mich zu verteidigen und bei Louise
Marie von Preußen war ich auch.", gab ich zur
   Antwort.
Ja das Verteidigen lernen, wenn zwei rumflirten. Wie
Sophie immer seinen Namen ausspricht. An dem Tag
hatten wir Glück, als Sophie und ich bei Louise Marie
waren. Granny hatte bei Sam angerufen und gesagt, dass
meine Mum durchdreht, wenn sie mich nicht sofort sieht.
Zu Hause musste ich mir natürlich eine Lüge ausdenken
sowie jetzt jeden Tag. Doch Mum noch länger anlügen ist
auch nicht das Beste. Schließlich sollte sie auch wissen,
dass ihre Tochter in Gefahr ist.
   „Mit wem?"
Diesmal Prisella.
   „Mit Sam und Sophie. Heute am Nachmittag sehn wir
uns wieder."
   „Im Ernst. Sophie und Sam?"
   „Ja."
   „Oh. Was ist da im Busch?"
   „Prisella, das ist Sophies Sache."
   „Aber dein Dad."
   „Das ist mir egal. Seine Liebe. Nicht meine."
   „Bist du damit einverstanden."
   „Wieso sollt ich etwas dagegen haben? Sie ist seine
große Liebe und er ihre. Sie lieben sich nun mal. Ich

akzeptiere das nun mal. Anderes Thema bitte."

„Okay. Wie war es bei Louise Marie?"

„Haben den Ring."

„Und deine Mum?"

„Pia lassen wir es mit meiner Mum. Die ganzen Ferien musste ich lügen, wo ich war und Granny macht auch mit. Doch länger anlügen kann ich sie nicht. Irgend wann wird sie es raus finden. Spätedens, wenn sie die Ringe sieht."

„Dann solltest du sie langsam einweihen."

„Gute Idee."

„Aber ich darf ihr kein Wort über Sophie geschweige denn von Sam sagen. Ihr wisst ja was passiert?"

„Oh ja. Deine Mum ist ja so eifersüchtig auf Sophie.", sprach Prisella.

„Gehen wir ins Klassenzimmer."

Beide nickten. Wir schlossen die Spinde und liefen los. Pia hielt mich am Arm zurück. Prisella lief einfach weiter.

„Weih deine Mum ein über das Gen und dass du in G efahr bist. Mehr brauchst du nicht zu sagen."

„Okay."

„Am besten heute noch. Ach, im Übrigen was passiert eigentlich, wenn alle Ringe zusammen sind?"

„Etwas wunderbares. Was weiß ich leider auch nicht."

„Hast du schon versucht die Ringe zusammen zu tun?"

„Nein, aber wir können die Frau fragen die sie gemacht hat."

„Wer?"

„ Aber du darfst es niemanden verraten außer einem Canberra."

„Gut."

„Horch zu. Die Frau die Louise Marie beauftragt hat

ihren Ring anfertigen zu lassen, lebt versteckt in einer Hölle im 18. Jahrhundert. Mehr über unser Gen soll ich am 8.Juli 1759 erfahren. Nur Du darfst mich dazu begleiten oder jemand anders der Canberra."

„Das heißt Prisella darf gar nicht mit."

„Nein. Wir müssen sie von diesem Ausflug fern halten aus Sicherheitsgründen sowie dem Geheimnis."

„War bei dem Treffen von Louise Marie von Preußen jemand dabei?"

„Ja. Sophie."

„Das heißt eigentlich, dass alle Canberras dort hin müssen mit einem Gen zumindest."

„Eigentlich schon. Die Frage ist weiß irgendein Gen von dem was passiert, wenn alle Ringe zusammen sind. Wir beide sollten vorerst mal dahin."

„Wann wär es am besten?"

„Nachmittags. Bei Sophie. Nur dann müsst ich dir verraten, wo Sophies Wohnung hier ist. Das wird Sophie nicht gefallen."

„Du trainierst ja jeden Tag. Wie wärs, wenn wir am Freitag das machen. Dann treffen wir uns bei dir zu Hause."

„So müsste ich nur noch Sophie fragen."

„Gib mir morgen bescheid."

Ich nickte. Genau in dem Moment läutete die Glocke.

„Wir müssen uns beeilen, bevor Mrs Pruse im Klassenzimmer ist."

„Ja. Schnell."

In Windes eile rannten Pia und ich ins Klassenzimmer.

Als ich am Mittag nach Hause kam, lief ich sofort zu Mum.

„Mum ich muss mit dir reden."

„Setz dich. Was ist denn los?", fragte Mum und wir setzten uns an den Küchentisch.

„Ich muss dir etwas sagen."

„Sag schon. Magst du einen Tee?"

„Ja."

Mum stand auf und holte eine Tasse heraus. Mit der Kanne goss sie Tee in die Tasse.

„So nun erzähl was du mir sagen möchtest."

„Also ich kann Zei..."

In dem Moment kam Granny in die Küche und ich unterbrach meinen Satz. Granny und ich sahen uns gegenseitig an.

„Was kannst du?", fragte Mum.

„Emmh. Etwas besonderes. Deswegen verfolgt mich immer wieder was."

Mum sah Granny an.

„Ja und es ist sehr gefährlich.", ergänzte Granny.

„Ihr habt irgendwelche Hirngespinste."

Fehlversuch es Mum beizubringen, dass ich in Gefahr bin. Wieso ich in Gefahr bin? Mum glaubt an nichts sowie Grannys Visionen. Für mich waren sie immer hilfreich, obwohl ich sie manchmal auch nicht versteh. Mum sah uns nur grimmig an.

„Granny hör endlich auf so ein Zeug meinen Kindern einzureden."

Granny und ich sahen uns gegenseitig an, denn wir wussten, wie sehr ich in Gefahr bin.

„Deine Hirngespinste kannst du bei dir lassen."

„Gut dann widme ich mich meinen Aufgaben.", sagte ich, denn ich wollte mir Mums Gerede nicht anhören, da ich wusste, wie unrecht sie hatte.

Granny nickte.

Schnell verließ ich das Haus mit meinem Zeug. Ich wollte nur noch zu Sophie und Sam. Wenige Minuten später war ich bei der kleinen Wohnung von Sophie. Sophie war schon da wie immer. Im Wohnzimmer hatte Sophie schon Tee hergerichtet.

„Hallo Romy. Wie war dein Tag?"

„Gut bis vor wenigen Minuten."

„Was ist gewesen?"

„Hab versucht Mum beizubringen, dass ich in Gefahr bin mit Granny. Nur das ging in die Hose."

„Caroline glaubt euch nicht."

„Genauso und nicht anders. Apropos. Pia und ich wollen am Freitagnachmittag mit dir ins Jahr 1759. Darf ich Pia verraten, wo das hier ist?"

„Sofern sie niemanden etwas verrät. Wer ist nochmal Pia?"

„Das Enkel von Jane und Roger Canberra. Das heißt wir sind verwandt im Klartext."

„Okay. Pssst! Ich glaub ich hör was."

Angespannt lauschte sie. Es waren Schritte zu hören. Wenige Sekunden später stand Sam im Wohnzimmer. Wie Sophie strahlte als sie Sam sah.

„Habt ihr mich schon erwartet?", fragte Sam.

„Ja. Sehnsüchtig.", gab ich scherzhaft zur Antwort und blickte zu Sophie.

Am liebsten hätte Sophie ihn umarmt. Aber sie tat es nicht wegen mir. Sam lächelte in ihre Richtung.

„Also wollen wir anfangen."

„Jeep. Ach ja. Sophie, Pia und ich reisen am Freitag ins Jahr 1759."

„Um genauer zu sein der 8. Juli 1759."

„Soso. Habt ihr schon entschieden."

Sophie und ich nickten.

„Freut mich, dass ihr euch so gut versteht. Wärmen wir uns erstmal auf."

Sams Aufwärmübungen waren einfach, sogar Sophie machte mit. Beim Training mussten wir alle drei lachen.

„Ich geh schnell aufs WC.", sagte ich.

Beide nickten und ich lief aus dem Wohnzimmer. Statt aufs WC zu gehen blieb ich an der Wand stehen neben der Tür zum Wohnzimmer und lauschte.

„Sie macht sich wirklich gut.", redete Sam.

„Ja ich weiß."

„Ein Talent für das hat sie wohl…"

„Von dir. Romana hab ich von Anfang an gern gehabt, weil sie die Art von dir hat."

„Sie hat deine Augen."

„Ich weiß."

Sophie schluchzte.

„Wann wollen wir es ihr sagen?", fragte sie schlussendlich.

„Was?"

„Naja, dass sie…"

Sam unterbrach Sophie: „Bald."

Ich traute meinen Ohren nicht was ich da hörte. Reden sie über mich. Nun lief ich ins Wohnzimmer, ohne dass sie es merkten. Sam hat gerade Sophie an sich gezogen und sie legten die Stirn aneinander. Gerade wollten sie sich küssen, als ich mich räusperte. Jetzt hab ich sie leider erwischt. Schnell lösten sie sich wieder.

„Oh du bist schon wieder da. Dann können wir weiter machen.", gab Sam von sich.

Wahrscheinlich war es den beiden peinlich, dass ich sie erwischt habe.

„Ich wusste es schon immer.", sprach ich und grinste.

„Was?", fragte Sophie.

„Mein Gott dann sagt doch endlich, dass ihr euch immer noch liebt. Ihr seid schon immer ein Paar seit über 20 Jahren. Ich geh wenn ihr für euch allein sein wollt. Muss eh noch mit Julia etwas machen."

„Nein du kannst bleiben."

Diesmal Sam.

„Macht euch einen schönen Nachmittag. Das habt ihr verdient."

Ja das haben sie. Die Turteltäubchen sollen wieder zusammenkommen. Sam holte Luft zum etwas sagen, aber ich redete weiter.

„Ich weiß ihr wollt auf mich aufpassen. Bin sehr stolz, dass ihr für mich da seid. Tut das heute für mich. Morgen können wir weiter trainieren. Für Sophie zum Essen aus oder was auch immer. Macht euch einen romantischen Nachmittag zu zweit."

„Wirklich?", fragte Sophie und hob eine Augenbraue hoch.

„Ja Sophie."

Mit viel Schwung umarmte sie Sam und lachte. Sam erwiderte ihre Umarmung und dann küssten sie sich.

„Dann bin ich mal weg."

„Ist gut.", riefen die beiden, als ich aus dem Wohnzimmer lief.

„Und wie war das Training?", fragte Julia, als wir beide in meinem Zimmer die Ringe mit den Namen beschriften.

„Gut. Ich hab das Training beendet."

„Wieso das?"

„Naja. Liebende soll man nicht aufhalten."

„Oh verstehe. Die Turteltäubchen sind endlich zusammen. Haben wir Louise Marie von Preußen schon?"

„Kannst du abhaken."

Julia hakte an dem Blatt den Namen ab.

„So dann fehlt nur noch Antoinette."

„Schon erledigt."

„Gut."

„Wie habt ihr Mum abgelenkt eigentlich?"

„Das war nicht so einfach. Mum wollte in dein Zimmer laufen, aber ich konnte sie noch ablenken davon. Da Nil vom Stuhl gefallen ist und sich den Kopf fest angehauen hat."

„Geht es ihm wieder besser?"

„Ja war nicht schlimm, aber eine Beule hat es gegeben. Was müssen wir noch machen?"

„Die Liste mit Namen, wann geboren und welche Steinfarbe vom Ring."

„Okay. Darf ich dir eine Frage stellen."

„Klar."

„Was passiert eigentlich genau, wenn die Ringe zusammen sind?"

„Das erfahr ich am Freitagnachmittag mit Pia und Sophie im Jahr 1759."

„Eine Zeitreise."

„Könntet ihr wieder Mum ablenken?"

„Machen wir doch. Diesmal fällt uns noch etwas anderes ein."

„Das ist meine Schwester.", sprach ich und umarmte sie.

„Halt wir müssen uns beeilen, bevor Mum wieder kommt."

Schnell löste ich mich wieder.

„Was macht Mum?"

„Sie will wieder arbeiten. Das heißt Nil muss über den Mittag wieder in den Hort außer mir."

„Oh. Das wird ihm nicht gefallen. Als was möchte sie wieder arbeiten?"

„Na als Gärtnerin natürlich wieder."

„Dann müsst ihr euch keine Ausreden mehr einfallen lassen. Ab wann fängt sie wieder an?"

„Nächste Woche Montag."

„Gut."

Julia nahm einen leeres Blatt Papier.

„So fangen wir an. Möchtest du schreiben?"

„Nein schreib du Julia. Ich diktiere dir."

„Na gut."

„Louise Marie von Preußen. Geboren 1726. Farbe des Ringes weiß."

„Wart schnell. Ich mach eine Tabelle."

Julia schrieb Name des Gens, Geboren und die Farbe des Ringes.

„So jetzt können wir weiter machen."

„Lady Tiger, 1742, bernsteingelb."

„Hab ich."

„Ludowika Withemiller, 1758, dunkelblau."

Es dauerte 15 Minuten bis wir fertig waren.

„Und noch Pia Lion, 1998, rosa."

„So jetzt haben wir es geschafft. Wo tun wir dies hin?"

„In die Kiste, wo mein Ring drin ist und mein Zeitreisebuch."

„Ok."

Ich holte die Kiste unter dem Bett hervor.

„Räumen wir es hier rein."

Schnell versorgten wir die Ringe mit der Liste in die Kiste und taten die Kiste unter das Bett. Danach verließen wir mein Zimmer.

„Also morgen bei Sophies Wohnung nach der Schule.", sprach ich, als Pia und ich bei den Spinden waren und Prisella schon mal ins Klassenzimmer geschickt haben.

„Gut. Und wie lief es mit deiner Mum?"

„Nicht gut. Sie glaubt mir nicht."

„Ja das ist schlimm. Ein Versuch wars wert. Im Übrigen meine Mum vermisst Ihren Ring. Sie sucht ihn überall."

„Oh. Dann hast du sie sicherlich in die Irre geführt."

„So ungefähr. Hab immer gesagt er liegt hier oder da."

„Sollten wir nicht ins Klassenzimmer langsam."

„Ja das sollten wir."

Pia und ich nahmen unsere Sachen und marschierten zum Klassenzimmer. Im Klassenzimmer war es sehr laut. Alle redeten durcheinander. Prisella sprach mit Michelle.

„Hi Romy und Pia. Habt ihr den Plan für die Zwischenkriegszeit fertig?", begrüßte uns Michelle.

„Ja."

Pia nickte. Den Plan hatte ich in den Ferien mit Sophie und Sam gemacht.

„Setzen wir uns. Mrs Gigi kommt sicherlich bald."

Prisella, Pia und ich folgten Michelles Rede. Keine 5 Minuten später war schon Mrs Gigi da.

„So. Guten Morgen, liebe 9.Klasse.", rief diese und legte ihre Sachen auf dem Lehrerpult nieder.

Alle setzten sich auf ihre Plätze.

„Nun werdet ihr dieses Blatt lesen und die Aufgaben dazu machen währenddem kommt immer einer nach vorne zu mir mit seinem Plan.", sprach Mrs Gigi und verteilte das Blatt.

Danach setzte sie sich an das Pult.

„Romana du kannst nach vorne kommen."

Na toll, ich muss als erste anfangen. Wieso ich? Kann doch Michelle oder sonst wer anfangen. Um Mrs Gigi nicht zu enttäuschen, stand ich auf mit dem Ordner, wo der Plan drin ist und lief zu ihr. Bevor sie den Ordner ansah setzte sie ihre Lesebrille auf und nahm einen roten Finliner aus ihrem Penal. Mrs Gigi blätterte den Ordner durch.

„Hattest du Hilfe?", fragte sie mich.

„Nicht direkt." , gab ich zur Antwort.

„Und das hier?"

Und zeigte auf meinen Ring. Ich schüttelte den Kopf. Nun wusste ich, wieso sie mich dies fragte.

„Bist du dir sicher?"

„100 Prozent."

„Na gut. Den Ordner kannst hier lassen. Du darfst zurück auf deinen Platz. Prisella."

Ich ging zurück auf meinen Platz. Komisch, dass Mrs Gigi wissen wollte ob ich dafür zeit gereist war. Naja. Hätte ich ja können, aber ich hatte nur Hilfe von Sam und Sophie. Nun widmete ich mich dem Blatt. Statt mich auf das zu konzentrieren, fielen meine Blicke auf Pia. Als sie vorging wurde sie ganz blass im Gesicht. Irgendwas stimmt mit ihr nicht. Vorne bei Mrs Gigi hielt Pia ihre Hand an den Kopf und nickte nur. Nachdem sie bei mir vorbei kam fragte ich:

„Geht es dir gut?"

Pia nickte.

„Wirklich?"

„Ja.", flüsterte Pia.

Auf ihren Platz setzte sie sich wieder. Jetzt sah ich, dass es Pia sicherlich schwindlig war.

„Pia ist der schwindlig?", flüsterte ich.

Wiederrum nickte sie.

„Komm!", sprach ich.

Pia und ich standen auf.

„Wo wollt ihr hin?", fragte Mrs Gigi.

„Notfall."

Mrs Gigi nickte.

Pia und ich verließen das Klassenzimmer im schnellem Schritt.

„Wieso hast du nicht gleich was gesagt?", fragte ich, als wir in der Mädchentoilette ankamen.

„Sorry wusste nicht, dass mir schwindlig wird."

„Hier. Nimm meinen Ring."

Pia steckte sich den Ring an den Finger.

„Kommst du mit?"

Ich nickte und Pia drückte auf den Ring.

„Pia, wie lautet dein Passwort?"

Dass der Ring so schnell auf Pia regiert hätte ich nicht gedacht.

„Durch Raum und Zeit zu reisen ist nicht schwer, denn durch das Zeitreisen ist die Macht gegeben."

Mit einem rosanen Strahl lösten wir uns in Luft auf.

Nachdem ich mich an das Licht gewöhnt, sah ich eine Frau. Die Frau stand mit dem Rücken zum Fenster. Nach dem Stil zu Urteilen 18.Jahrhundert. Wo ist den Pia? Pia saß neben mir. Ich half Pia auf.

„Sag mal, in welchem Jahr sind wir gelandet?", fragte Pia.

„1789. Der genaue Tag 15.Mai.", gab die Frau zur Antwort und drehte sich um.

Zu meinem Erstaunen war es….

„Lady Church."

„Guten Tag Romana und Pia. Ich hab euch schon erwartet."

Wie, sie hat uns schon erwartet. Fragend sahen wir Lady Church an.

„Lady Tiger sowie Ludowika ihre Tochter haben den Tag bestimmt, dass ihr beide zu mir kommt und ich euch einiges sage und berichte."

Wieso weiß ich von dem Ganzen nichts?

„Pia."

„Ja. Ich bin gereist in den Ferien und da hat sie es mir gesagt. Sorry hab es total vergessen. Nachdem du viel bei Sophie und Sam warst."

„Ich denke es ist besser, wenn ihr beide euch setzt und wir in Ruhe darüber reden.",sprach Lady Church und wir setzten uns an den Tisch.

„Lady Tiger wollte Sie überraschen, deswegen hat Ihnen Pia nichts gesagt. Nachdem Sie sich mit ihrer Mutter Louise Marie von Preußen im Jahr 1759 treffen. Dies ist schon lang geschehen, aber Sie erfahren erst alles."

Ich nickte.

„Morgen am Nachmittag."

„So ist es. Lady Tiger hat für euch beide einen Brief geschrieben. Sie ist leider schon gestorben. Vor einem Jahr. Also sie hat nach eurer großartigen Idee länger gelebt.", sagte Lady Church und übergab uns die Briefe. „Durch euch werden noch viele weiter leben. Auch ihr werdet die Bande überlisten. Da Romana viele Arten von Zeitreisen besitzt."

„In der Vergangenheit oder in der Zukunft?", fragte ich.

„Dies alles steht in dem Brief drin. Wo und zu welcher Zeit. Nun hab ich auch noch eine Überraschung für euch."

Lady Church holte aus ihrem Tisch etwas heraus.

„In dieser Kiste ist etwas drin was euch sehr hilfreich sein wird."

Pia nahm die Kiste.

„Vielen Dank, Lady Church."

„Schon gut. Nun hab ich euch alles gesagt, was ich zu sagen hatte. Was gibt es eigentlich für Neuigkeiten aus der Zukunft?"

„Also es gibt neue Spielfilme, Smartphones und Tablets.", gab Pia zur Antwort.

„Versteh von allem wenig oder gar nichts, aber ich lebe in einer Zeit, wo es diese ganzen Dinge noch nicht gibt. Würde mal gerne in die Zukunft."

„Lady Church, ich muss Sie enttäuschen, das geht leider noch nicht."

„Wieso soll es nicht funktionieren? Ihr könnt doch auch in die Vergangenheit reisen."

Da Lady Church recht, denn wieso soll es nicht gehen in die Zukunft zu reisen anstatt in die Vergangenheit. Auf einmal leuchtete mein Ring.

„Lady Church wir sollten zurück.", redete Pia.

„Schon gut. Bei einem anderen Mal könnt ihr mir alle neuen Dinge der Zukunft erklären. Macht es gut."

Pia drückte auf den Ring.

„Auf Wiedersehen Lady Church."

Mit einem rosanen Strahl verschwanden Pia und ich.

„Wo wart ihr?", fragte Prisella, als wir in der Mädchentoilette wieder landeten.

„Bei der Lady mit den coolsten Kleidern.", gab Pia zur Antwort und wir beide liefen an Prisella vorbei.

„Church. Hey. Wartet!"

So schnell wie es ging verstauten Pia und ich den Brief sowie die Kiste im Spind.

„Puhh! Das war knapp.", sprach Pia.

„Ja das war es. Wir hatten Glück, dass Mrs Gigi nickte ."

Pia nickte.

„Wieso lauft ihr vor mir davon?" fragte Prisella nachdem sie bei uns war.

„Es ist viel zu gefährlich.", gab ich zur Antwort.

„Ja genau. Viele Bomben, Tod,Pest."

Prisella sah uns fragend an. Genau jetzt kam Violetta.

„Und wie sieht es aus? Kommt ihr ins Klassenzimmer. Mrs Pruse kommt bald."

„Ja. Wir kommen. Nicht, dass Mrs Pruse gleich bei meiner Mum anruft."

Da lächelte sogar Violetta. Währendem zurück laufen ins Klassenzimmer gab mir Pia meinen Ring.

„Hier!"

„Danke!"

Ich steckte mir den Ring wieder an den Finger.

Kapitel 7
Tinas Glück

„Bist du bereit?", fragte Pia.

„Ja.", gab ich zur Antwort.

„Wartet!", rief Sophie.

„Was ist?"

Diesmal fragte ich.

„Ich denke, ich sollte mit- gehen. Ohne mich seid ihr in Gefahr."

„Sophie, Romy kann sich verteidigen. Mit denen aus dem 18.Jahrhundert wird sie fertig.", sprach Sam und legte die Hand auf ihre Schulter.

„Ach Sam. Ich mach mir nur Sorgen.", sagte Sophie und lehnte sich an ihn.

„Das brauchst du nicht. Also ihr könnt gehen."

Sam möchte nicht, dass Sophie mit kommt, wegen dem allein sein. Sonst fehlt ihm ja seine Liebe. Ich drückte auf meinen Ring.

„Romana wie lautet dein Passwort?", fragte die Frauenstimme.

„Durch Raum und Zeit zu reisen ist nicht schwer denn durch das Zeitreisen ist die Macht gegeben."

Pia und ich lösten uns auf. Wir landeten mal sanft auf einer Wiese. Was für ein schönes Gefühl? Wie weich das Gras war.

„Du willst gar nicht mehr auf stehn?"

„Nein,Pia. Das Gras ist so weich."

„Ich weiß. Du musst aufstehn wir müssen Louise Marie finden."

„Gut."

Ich stand auf. Im Jahr 1759 war es noch so schön mit Wiesen und Wälder. Die leider im Jahr 2014 schon verschwunden sind durch Bauen von Häusern. Wir liefen die Wiese entlang. Bei einem schmalen Weg stand eine Frau mit einem hell rosanen Kleid. Die Frau drehte sich zu uns. Nun erkannte ich die Frau. Es ist Louise Marie von Preußen.

„Guten Tag die Damen. Seid ihr gut gelandet?"

„Guten Tag Louise Marie von Preußen. Ja, das sind wir.", begrüßte ich sie.

„Freut mich sehr, dass ihr gekommen seid. Nun folgt mir."

Wir folgten Louise Marie auf den schmalen Weg. Nach dem Weg kam ein Wald. In den Wald liefen wir auch.

„Darf ich euch eine Frage stellen?"

„Bitte Romana stell sie mir."

„Wie bist du eigentlich auf das Ganze gekommen?"

„Es war sehr schwierig. Pralinè und ich mussten alles heimlich machen. Elisabeth hat es auch. Nach meinen Berechnungen."

„Wie kommst du darauf eigentlich, dass Elisabeth das Gen auch hat?"

„Weil ich drauf gekommen bin, dass ich diese Fähigkeit weiter gebe. So müsste sich alle 16 Jahre es weiter geben, da ich 16 war als Elisabeth geboren wurde."

Deswegen alle 16 Jahre wird es weitergegeben, da Louise Marie so alt war, als ihr erstes Kind geboren wurde.

„Elisabeth hat die Fähigkeit. So müsste Ludowika es wiederum auch können. Deswegen konnte ich jedes Gen berechnen. Dadurch wusste ich auch, dass du die mit dem besonderem Gen bist."

„Wie kommst du eigentlich drauf, dass zwei im selben Jahr geborene Kinder beide das Gen haben?"

„Dies kann dir alles Hannah erklären, da sie die Ringe macht. Da sind wir schon."

Vor einer Wand voller Efeu blieb Louise Marie stehn. Darauf war ein Baum. Sie schob den Efeu bei Seite.

„Hier rein."

Der Efeu war nur als Tarnung für die Hölle. Es war dunkel in der Hölle. Pia und ich standen im Dunkeln bis Louise Marie mit einer Fackel kam.

„Kommt mit."

Wir folgten ihr weiter hinein in die Höhle. Als es dann hell wurde bei einem größeren Raum. An der einen Seite brannte ein Feuer mit einem Kessel oben drauf. Bei einem Zwischenraum befand sich ein Regal mit Kräutern. Auf der anderen Seite ein Bett aus Stroh. Bei dem Kessel stand eine Frau mit einem braunen Kleid und einer Schürze. Wie es zu dieser Zeit üblich war bei den Bürgern. Die Frau dürfte schon über 60 sein nach ihren Falten im Gesicht.

„Guten Tag Hannah!"

„Guten Tag Majestät.", sprach Hannah und machte einen Knicks.

„Hier sind meine Urururenkel aus der Zukunft die ein Gen haben. Romana und…"

„Pia.", beendete Pia den Satz.

„Bin hocherfreut, die Damen kennen zu lernen."

Woher wusste Louise Marie, dass Pia auch ein Gen hat? Das erfahren wir sicher gleich.

„Ihr wollt ja genaueres Wissen über die Ringe?", fragte Hannah.

Pia und ich nickten.

„Nun dann beantworte ich euch alle Fragen die ihr habt. Fangen wir an."

„Ich werde jetzt dann gehen, da mein Mann auf mich wartet. Auf Wiedersehen Romana, Pia und Hannah.", verabschiedete sich Louise Marie von Preußen und ver schwand in der Dunkelheit.

„Also. Louise Marie von Preußen kam im Jahr 1743 zu mir wegen ihrem Gen. Da sie nicht mehr unkontrolliert reisen wollte. Damit auch die Nachkommen, die ein Gen haben kontrolliert reisen können, machte ich mehrere Ringe auf Wunsch von ihr."

„Wieso Ringe?", fragte Pia.

„Das wollte Louise Marie so, dass es nicht auffalle, aber einige Menschen schließen sich zu einer Bande zusammen um die Gens zu ermorden."

„Soweit sind wir jetzt. Was passiert eigentlich, wenn die Ringe zusammen gesteckt sind und wieso passen sie eigentlich zusammen?"

„Etwas Wunderbares."

„Da sind wir auch schon. Was für Wunderbares wird geschehen?", sprach ich.

„Das müsst ihr selbst herausfinden."

Wir müssen das selbst heraus finden. Wieso wird ein Ge heimnis daraus gemacht? Sie hat die Ringe angefertigt. Oder weiß es nur Louise Marie von Preußen???

„Die Farben der Ringe gab mir auch Louise Marie vor."

„Wie macht ihr das, wenn beide im selben Jahr geborene Gens denselben hat?"

„Die beiden Gens müssen immer zusammen sein. Das heißt den ganzen Tag außer ihr beide natürlich."

Na toll. Bloß gut kann ich mehrere Arten von Zeitreisen. Pia da haben wir beide Glück.

„Habt ihr sonst noch Fragen?"

Es gibt auf keiner meiner Fragen eine Antwort. Vielleicht gibt es einen Hinweis in den Brief von Lady Tiger.

„Nein haben keine mehr."

„Gut. Ihr beiden werdet bald dieses Jahrhundert verlassen."

„Bald."

„Findet ihr allein raus?"

„Ja."

„Hier habt ihr noch eine Fackel.", sagte Hannah und gab sie Pia. Pia und ich verabschiedeten uns von Hannah.

Beim Ausgang wurden wir erschreckt von….

„Seid Ihr Romana und Pia?", fragte eine Frauenstimme.

Die Frau hatte blaue Augen und eine braune Perücke.

„Ja."

„Ich bin Pralinè. Louise Marie hat mich gebeten euch in Empfang zu nehmen."

Pralinè ist seit unserer letzten Begegnung gewachsen. Das letzte Mal war sie noch ein Kind. Nun ist sie eine junge Dame.

„Ich bringe euch zu einer sicheren Stelle, wo ihr zurück springen könnt."

Wir nickten und folgten Pralinè auf eine Wiese.

„So nun könnt ihr zurück. Es hat mich gefreut Romana wieder zu sehn."

„Freude liegt ganz meinerseits.", gab ich darauf.

Ich drückte auf meinen Ring.

„Auf Wiedersehn."

Mit einem Knicks verabschiedeten wir uns und lösten uns mit einem rosanen Strahl in Luft auf.

„Und wie war's?", fragte Sophie.

„Nichts spezielles.", gab Pia zur Antwort.

„Das heißt ihr habt nichts Neues in Erfahrung gebracht."

„Jeep. Ich muss nach Hause meine Mum wartet.", sprach Pia.

„Ich werde dich zur Tür begleiten."

Sophie lief mit Pia aus dem Wohnzimmer während Sam und ich zurück blieben. Sam sah mich nur an und spielte mit dem Kugelschreiber. Ich holte aus meiner Schultasche den Brief heraus und begann ihn zu lesen.

Liebe Romana! 5.Juni 1775

In diesem Brief werde ich Ihnen viele Dinge schreiben. Erstmal möchte ich mich bedanken, dass Sie mir mit Ihren Freundinnen das Leben gerettet habt bei der Hochzeit im Jahr 1770 . Die Bande wird immer wieder zu schlagen und viele Gens töten, deswegen haben meine Tochter Ludowika und ich uns Gedanken gemacht, wie wir Ihnen in der Zukunft helfen könnten. Da Ihr Lady Church öfters treffen werdet wie Ludowika und mich, übernimmt Lady Church vieles. Sie weiß alles über das Gen und ist eine gute Freundin. Ich hab sie über alles informiert. Nun möchte ich zu meinen Hinweis, aber auch Auftrag kommen. Im Laufe der Jahrhundert müssen mehrere Gens gerettet werden, doch nur zwei können Ihnen grundsätzlich in der Zukunft helfen. Ludowika hat ausgerechnet welche Gens am besten wären. Mein Auftrag an Sie. Rette das Gen das 1982 geboren wurde. Sie wissen sicherlich wer das ist. Ich hoffe, ich

102

kann mit dem Ihnen helfen mit diesem kleinen Danke-
schön an Sie.
  Ihre Vorfahrin,
  Lady Tiger

„Tina.", sagte ich.
 „Wie bitte?"
 „Ach nichts, Sam."
 „So. Pia war dann gegangen. Was machen wir?", redete
Sophie, als sie zurück kam. Keiner gab eine Antwort .
 „Was liest du da?"
 „Ist nur ein Brief meiner Vorfahrin, aber nichts
 spezielles."
 „Willst du mir nicht erzählen was es mit den Gens auf
 sich hat?"
 „Sophie, ich denke Romana und Pia haben
 wahrscheinlich nichts raus gefunden, wo wichtig wäre
 für uns."
 „Er hat recht. Niemand konnte mir sagen was wirklich
 geschehen wird, wenn alle Ringe zusammen sind.
 Welche Kräfte oder sonstiges Zeug frei gesetzt würden?
 Nur etwas Wunderbares wird geschehen. Mehr nicht."
 „Etwas wunderbares?"
 „Ja, Sophie. Etwas wunderbares."
 „Was für wunderbares, Sam."
Schulterzuckend zeigte Sam auf mich und ich machte
dasselbe.
 „Wisst ihr es wirklich nicht?"
 „Eben das ist das Problem."
 „Okay. Was machen wir nun jetzt?"
 „Ich würde vorschlagen wir trainieren."
 „Nö. Also ich hätte schon auf etwas anderes Lust."
Sophie legte ihren Kopf auf Sams Schultern.

„Schon verstanden. Dann werde ich mal gehen."

„Romy nicht das was du denkst bleib hier. Deine…"

Er kniff die Lippen zusammen.

„Tante hat etwas anders gemeint. Etwas wo wir zusammen tun könnten. Wie wär es mit einem Gesellschaftsspiel."

Ich sah beide mit großen Augen an.

„Im Ernst jetzt?"

„Ja oder hast du einen anderen Vorschlag."

„Schon gut."

Ich verräumte den Brief wieder in meiner Schultasche. Dann holte Sophie die Gesellschaftsspiele.

Das Wochenende ging schnell vorbei. Sophie und Sam unternahmen etwas allein. Sie kommen sich näher. Sollte Sebastian davon erzählen. Ich musste mit Julia, Nil, Granny und vorallendingen mit Mum auskommen. Mum stellte ja das Wochenende wieder um sowie immer. Zum Glück konnte ich immer wieder mal in die Zeit verschwinden. In der Vergangenheit besuchte ich Sophie, als Kind und Teenager. Die 60er und 70er Jahre. Voll die Rockn Roll und Hippie Zeit. Huhu. So lustig war es nicht. Ein klein wenig erinnert mich Sophie als Teenager an Tina. Gut verwandt. Julia und ich liefen in die Schule. Den ganzen Weg war Julia still. Ich war genauso still. Am Schulhof sprach sie:

„Bye. Bis heute Mittag."

„Tschüss."

Schon war Julia in der Schule verschwunden. Sie hat es aber heute eilig. Pia und Prisella warteten auf mich.

„Guten Morgen."

„Hallo."

„Wir müssen heute etwas erledigen währenddem

Unterricht."

„Romy willst du Mrs Pruse ärgern?",fragte Pia.

„Nein. Wir sollten Tina retten."

„Na toll. Wie sollen wir das machen?"

Diesmal Prisella.

„Ganz einfach. Wir tarnen die 1.Stunde."

„So geht's auch. Prisella, das ist ganz einfach. Romy das ist ein guter Plan. Komm gehen wir ins Klassenzimmer."

Ich ging schon mal vor.

„Jetzt komm.", sprach Pia.

„Na gut."

Prisella kam dann auch. Innerhalb von 5 Minuten waren wir im Klassenzimmer. Wenige Sekunden später kam Mrs Pruse. Mrs Pruse begrüßte uns. Mit einem Nicken von mir liefen Pia, Prisella und ich aus dem Klassenzimmer. Wir rannten durch den Gang, währenddessen drückte ich auf meinen Ring. Gemeinsam sagten wir den Spruch und mit einem rosanen Strahl lösten wir uns in Luft auf.

An der Straße zu landen war sehr gefährlich.

„Wow. Das ist eine Gefährliche Aktion.", sprach Pia.

„Das ist total. Wie wollen wir das jetzt machen?"

„Keine Sorge. Tina wird über den Zebrastreifen dort laufen. Wir müssen sie davon abhalten da ein Auto sie anfahren wird."

„Gut. Dann teilen wir uns auf."

„Das machen wir Prisella. Der Mörder muss durch mich in die Irre geführt werden."

Wir platzierten uns auf der jeweiligen Straßenseite. Prisella und ich waren auf der einen Seite von den Läden und

Pia auf der anderen Seite neben einer Mülltonne. Aber wir standen so, dass es nicht auffiel.

"Romy schau mal. Ich glaub wir haben Gesellschaft.", sagte Prisella nach einigen Minuten.

"Oh nein."

Bei Pia war Mrs Gigi. Ausgerechnet sie. Was macht sie hier? Trotz der befahrenen Straße hörte ich was die beiden sprachen.

"Was machen Sie denn hier?"

"Ich dachte , ihr könntet Hilfe gebrauchen."

Ins Jahr 1998 war sie wahrscheinlich mit uns mit gekommen ohne, dass es wir bemerkt hatten.

"Ganz schlecht Mrs Gigi. Wir versuchen einen Mord zu verhindern."

"Das ist gefährlich und deswegen braucht ihr meine Hilfe."

"Das wissen wir selbst. Könnten ein Stück zu Seite rücken, dass ich etwas sehe."

Während Mrs Gigi und Pia diskutierten, kam Tina.

"Psst."

Machte ich. Tina drehte sich zu mir um.

"Was machst du hier?", fragte mich diese.

"Keine Zeit für Erklärung. Komm hier her."

Sie nickte und ich verließ mein Versteck. Tina blieb dort zurück. Ich blickte nach links und rechts bei dem Zebrastreifen. Kein Auto kam, so lief ich über den Zebrastreifen. Auf einmal raste ein Auto auf mich zu.

"Halt!", rief eine Frauenstimme.

Man hörte nur noch ein Quietschen und dichter Nebel kam auf. Ich sah nichts mehr und hustete von dem Qualm. Mich legte es sogar auf die Straße. Nachdem ich wieder alles klar sehen konnte, war Mrs Gigi neben mir. Tina, Prisella und Pia kamen aus ihrem Versteck.

„Romy, das war total gefährlich. Aber du hast mir das Leben gerettet.", sprach Tina.

„Ich glaub der hat es sich anders überlegt und ist umgekehrt. So und jetzt runter von der Straße.", sagte Mrs Gigi und wir folgten ihr.

Auf dem Weg blieben wir stehn.

„Mal wieder überlebt.", lästerte ich.

„Ja aber ohne Mrs Gigi wärst du jetzt unter dem Auto gelandet.", gab Prisella zu bedenken.

„Ok. Danke, Mrs G."

„Kein Problem. Wie kommen wir eigentlich zurück?"

Tina und Pia kicherten bei der Frage.

„Mit dem hier."

Ich zeigte auf den Ring.

„Na Fabelhaft dann können wir jetzt zurück."

Mrs Gigi verstand wahrscheinlich nicht was die gerade sagte. Ich deutet Pia und Prisella sie sollen Mrs Gigi solange ablenken während Tina und ich ein Stück uns entfernten.

„Tina du solltest dich jetzt verstecken."

„Gut. War es das was du mir mal erzählt hast."

„Ja."

Tina nickte.

„Wo soll ich mich verstecken?"

„In der Stadt. Du musst mir in der Zukunft helfen."

„Hast du mir noch eine Telefonnummer von dir?"

„Klar doch. Hast du Zettel und Stift?"

„Sicher."

Tina holte aus ihrer Tasche einen Stift und Zettel. Ich nahm es und notierte meine Handynummer.

„So und nun lauf hier weiter. Ich muss zurück."

„Also. Bye."

„Bye."

Tina lief weiter an den Häusern entlang. Ich kehrte zurück zu Pia, Prisella und Mrs Gigi.

„Bereit für den Rückweg?"

Alle nickten und nach wenigen Sekunden waren wir wieder im Jahr 2015. Mrs Gigi begleite uns noch bis zum Klassenzimmer. Dort nahm uns schon Mrs Pruse in Empfang.

„Danke, Doris.",sagte diese zu Mrs Gigi.

„Schon gut.",sagte Mrs Gigi darauf, machte ein Auge zu und lief den Gang zurück.

„Was fällt euch ein aus dem Klassenzimmer zu laufen ohne mein Einverständnis?"

Das war klar, dass es jetzt einen Anschiss gibt von Mrs Pruse.

„Wir mussten kurz die Welt retten.", sagte Pia lässig.

Mrs Pruse sah sie Kopf schüttelnd an.

„Wohl, Mrs Pruse. Ist leider so. War gefährlich, aber wir haben überlebt."

Pia wurde so einfallsreich, dass sogar Michelle zu Mrs Pruse sagte.

„Mrs Pruse Schwamm drüber. Das war ein Notfall. Da braucht es ihre Einverstanden sein gar nicht."

„Na gut. Zur Strafe müsst ihr nicht nachsitzen, sondern eine Zusammenfassung über Lady Churchs Leben schreiben.

" „Das ist doch easy.", spottete Prisella.

Mein Grinsen konnte ich dann auch nicht zurück halten. Das stimmt. Für uns alle zu einfach, denn wir kennen Lady Church persönlich.

„Na also. Dann macht ihr das bis morgen."

Zum Glück sah Mrs Pruse von einer größeren Strafe ab.
Wir setzten uns auf unsere Plätze und machten die Aufgaben, die die anderen schon angefangen hatten.

Kapitel 8
Der Mann am Klavier

„Was hast du eigentlich gestern für einen Text
geschrieben?", fragte mich Julia, als wir beide am
Dienstag Mittag zur Schule liefen.

„Eine Zusammenfassung über Lady Churchs Leben."

„Das war für dich zu einfach."

„Genau."

„Wieso musstest du eigentlich diesen Text schreiben?"

„War eine Strafe für Pia, Prisella und mich."

„Lass mich raten. Ihr seid verschwunden."

Ich nickte.

„Zeitreisen."

„Genau. Wohl bemerkt mit einer Panne."

„Oh. Wieso das denn?"

„Mrs G. ist uns unauffällig gefolgt."

„Ach herrje. Ist aber alles gut gelaufen?"

„Zum Glück. Dank ihr ist alles gut verlaufen."

„Was soll das heißen?"

„Naja. Sie hat geholfen bei etwas gefährlichem."

„Ach soo. Schau mal da vorn. Willst du nicht Hallo
sagen?"

Ich schaute in die Richtung, wo Julia zeigte. Es war Mr
Matterl am Parkplatz. Er war gerade aus seinem Auto
gestiegen und lief lässig über den Parkplatz zum Schulhof.

„Lieber nicht, Julia."

„Schade! Du hast doch mit ihm Musik. Oder bist du
immer noch sauer auf ihn?"

„Nein. Aber es ist besser so wegen Tina."

„Gut. Dann bis später."

„Bis später."

Julia lief wieder nach Hause, denn sie wollte mich nur begleiten zur Schule, da sie keinen Unterricht am Nachmittag hat. Ich blieb noch stehen in meinen Gedanken versunken.

„Hey Romy. Willst du nicht rein kommen?", sprach Mr Matterl.

„Emmh. Ich warte noch auf Pia und Prisella."

„Die sind sicherlich schon im Musiksaal. Es ist schon spät."

„Na gut."

Ich ließ mich von ihm überreden und ging in die Schule. Mr Matterl hielt mir die Tür auf.

„Danke!"

„Bitte. Hast du dich gut erholt?"

„Ja. Und Sie?"

„Es ging so. Hab mir ein klein wenig Sorgen um dich gemacht."

Ich sah ihn verdutzt an. Wie Sorgen gemacht. Hab ich da mich verhört.

„Hab ich etwas falsches gesagt?"

„Schon gut. Bin manchmal etwas verwirrt und muss viel lernen."

„Geht es um dein kleines Geheimnis?"

„Wenn man es so nennen kann ja."

„Genau wie Tina."

„Wieso genau wie Tina?"

„Tina musste auch immer lernen. Wie kannst du ihr nur so ähnlich sehn?"

„Keine Ahnung. Wirst es aber noch erfahren."

Ich zog meinen Mantel aus.

„Darf ich dir helfen?"

„Klar."

Er nahm meinen Mantel und hängte ihn an die Garderobe. Was ist mit Ihm geschehen? So hilfsbereit hab ich Mr Matterl noch nie gesehn. Verwechselt er mich wieder mit Tina? Um das Ganze zu unterbrechen, lief ich in den Musiksaal.

„So Geheimnisvoll wie sie.", sagte er leise, aber ich hörte es.

Prisella und Pia saßen auf ihren Plätzen.

„Wo warst du solange?", fragte Prisella.

„Frag am besten gar nicht."

„Verstehe.", redete Pia und deutete auf Mr Matterl, der gerade in den Saal kam.

„Hallo. So nun werden wir heute einen Song singen, den wir auch Instrumental begleiten werden. Wer möchte ans Schlagzeug?"

Diana rief gleich:

„Ich."

„Also dann komm."

Diana stand auf und setzte sich ans Schlagzeug. Es ging eine Weile so.

„Romy sag mir nicht du willst singen?", flüsterte mir Prisella zu.

„Nee. Etwas besseres. Pass auf!"

„Wer möchte…"

„Darf ich ans Klavier?", unterbrach ich Mr Matterl.

„Klar doch."

„Siehst du."

„Ok. Romy ich sag nichts mehr."

Pia grinste während sie die Gitarre nahm. Ich setzte mich ans Klavier und spielte einfach drauf los. Diese Melodie spielte ich frei aus dem Kopf. Woher kam auf einmal diese

Melodie? Normalerweise übe ich gar nicht. Das Klavier steht ja in jenem Raum eingeschlossen neben Grannys Schlafzimmer. Irgendwie kam mir diese Melodie bekannt vor. Aber woher? Ich spielte die Tasten wie eine gute Klavierspielerin. Einfach so. War sogar stolz. Der Musiksaal verwandelte sich in einen Konzertsaal. Als ich fertig gespielt hatte, standen alle auf und applaudierten. Selbst Michelle staunte, dass ich gespielt habe. Ich stand auf und machte einen Knicks. Selbst Mr Matterl war so begeistert.

„Sehr schön hast du gespielt. Dann wird dir The Story of my life nicht schwer fallen."

Was wir machen den Song von One Direction? Der Song ist toll. Ich lächelte Mr Matterl an. Er gab mir die Notenblätter. Wow! Großes Vertraun zu mir. Wie hat Tina ihn begeistert? Das würde mich mal interessieren. Emmh. Anderes Thema. Bevor ich wieder ins schwärmen gerade. Sollte an wichtigere Sachen denken. Zum Beispiel an Sophie und Sam , die ich nach der Musik wieder treffe oder Grandpa. Momentmal. Ich sollte mal noch zu ihm. In die 60er. In welches Jahr nochmal genau? 19...68. Das werde ich am Abend tun, denn da schlafen alle oder sind abgelenkt. Mal sehen was Grandpa zu meinen Fortschritten sagt.

„Romy?", sprach Mr Matterl.

„Äh. Ja."

Er riss mich total aus meinen Gedanken.

„Gut dann können wir anfangen."

Kann nur hoffen, dass der Unterricht bald vorbei ist.

Die Sonne scheinte durchs Fenster vom Arbeitszimmer. Die Uhr zeigte 2. Es war Nachmittag im Jahr 1968 während bei mir im Jahr 2015 schon Abend ist. Apropos. Wo ist eigentlich Grandpa? Wollte er nicht hier sein? Ich schlich mich aus dem Arbeitszimmer. Muss ja vorsichtig machen wegen Granny. Sonst bekommt sie einen Herzinfarkt, wenn sie mich sieht. Ich lief den Flur entlang. Plötzlich hörte ich eine Melodie. Nun schloss ich meine Augen und folgte dieser. So eine schöne Melodie. Moment. Jetzt fuhr mir etwas durch den Kopf. Genau diese Melodie hab ich heute am Klavier gespielt. Schnell öffnete ich meine Augen. Vor mir war das Wohnzimmer. Im Wohnzimmer saß ein Mann am Klavier.

„Eine wunderschöne Melodie.", machte ich das Kompliment.

„Ja, das ist sie. Diese Melodie komponierte ich extra für meine Frau. Übe sie nur wenn sie nicht da ist."

Jetzt war mir klar, woher ich diese Melodie kenne.

„Du hast diese Melodie oft gespielt."

„Romana du bist es. Dachte schon es sei jemand fremdes."

„Du warst nicht im Arbeitszimmer."

„Ach so. Wieso im Arbeitszimmer?"

„Im Jahr 1999 hast du mir gesagt ich soll heute zu dir kommen und du willst schauen was für Fortschritte ich gemacht habe im Verteidigen."

„Oh. Dann sollten wir keine Zeit verlieren solange Charlotte noch nicht zu Hause ist. Gehen wir ins Arbeitszimmer."

Ich folgte meinen jungen Grandpa ins Arbeitszimmer.

„So nun zeig mir mal was du gelernt hast.", sprach er und wärmte sich auf.

„Also. Alles."

„Dann los."

Ich machte Kung fu. Grandpa besiegte mich schon nach 2 Minuten. Ich fiel auf den Boden, dann half er mir auf.

„Du kämpfst mit deiner Wut. Kämpf mit deinem Herz."

„Ok."

„Nochmal."

Wir kämpften erneut. Diesmal lag Grandpa auf den Boden nach 5 Minuten.

„Besser?"

„Nicht schlecht. Wenn du weiter so kämpfst besiegst du jeden."

Ich half Granddaddy auf. Wow! Nun schwitzte ich. Puh! Das Kämpfen ist anstrengend.

„Weiter."

Wir beide kämpften mit jeder Art die ich von Sam gelernt hatte. Mit jedem Mal wurde ich besser. Grandpa konnte bald nicht mehr mithalten. Bis er schlussendlich sagte:

„Lass uns eine Pause machen. Magst du Tee?"

„Ja gern."

Granddaddy schenkte mir Tee in eine Tasse und gab sie mir. Dann ließen wir uns auf die Stühle plumpsen. Erst jetzt nahmen wir beide einen Schluck von unseren Tees.

„Du warst ein hartnäckiger Gegner. Mit dir kämpf ich gerne mal wieder."

„Danke!"

Als ich dies sagte errötete ich im Gesicht. Auf das war ich gar nicht gefasst, dass mir Grandpa so ein Kompliment machte.

„Du musst nicht rot werden von dem. War wirklich gut, wie du kämpfst. Sam muss dir schon viel bei gebracht haben."

„Ja das hat er."

Kopfnickend trank Grandpa von seinem Tee. Mein Ring fing an zu blinken.

„Oh nein. Nicht jetzt."

„Leider solltest du zurück."

„Ja, leider."

Ich stellte die Tasse auf den Tisch und stand auf.

„Vielen Dank!"

„Gern geschehn. Machs gut."

„Du auch."

Nun drückte ich auf meinen Ring.

„Perfektes Timing.", rief Julia, als ich landete.

„Wieso perfektes Timing?"

„Na, weil Sophie angerufen hat und mit dir reden wollte. Das Problem ist Mum kommt gleich, die hat nämlich auch angerufen."

„Okay. Dann muss ich mich beeilen."

In grosser Eile hastete ich aus meinem Zimmer zum Telefon. Schnell gab ich Sophies Nummer ein

. „Hallo Sophie."

„Hallo Romy. Möchte mit dir reden."

„Nur kurz. Mum kommt gleich."

„Gut. Sam hat mich am Freitag zum Dinner in einem Restaurant eingeladen und ich weiß nicht was ich anziehen soll. Könntest du mir helfen? Dafür fehlt dein Training aus."

Was ist mit Sophie los? Es gibt ein Date.

„Klar helf ich dir. Du bist doch meine Tante."

„Danke. Ich wusste, ich kann mich auf dich verlassen. Also dann bis morgen."

„Bis morgen. Bye."

Ich legte auf und konnte nicht fassen, dass ich Sophie helfen soll beim Aussuchen ihres Outfit. Nun sollte ich mich beeilen noch eine Dusche zu nehmen. Schnell verließ ich das Wohnzimmer.

Ich schaffte es genau bevor Mum nach Hause kam. In einer lockeren Leggings und lockerem Pullover hockte ich auf dem Sofa gemütlich und lernte für den kurzfristigen Englischtest. Kann nur hoffen, dass Mrs Pruse morgen krank ist, denn dann gäbe es keinen Text. Granny kam rein.

„Lass mich raten du warst bei Grandpa?"

Ich nickte.

Granny lächelte nur und verschwand auch gleich wieder. Keine 5 Minuten später stolzierte Mum ins Wohnzimmer.

„Faules Mädchen aufstehn. Los."

„Nein, Mum. Ich bin am Lernen."

„Ach ja. Dafür hattest du den ganzen Nachmittag Zeit. Jetzt husch runter vom Sofa und helf Granny in der Küche."

Mum hatte irgendwie nicht alle Tassen im Schrank. Wann hätte ich heute lernen können, wenn ich Unterricht hatte bis um 15 Uhr und dann bei Grandpa war.

„Na los. Oder soll ich dir Beine machen."

„Ich geh schon.", brummte ich und stand auf.

Mum konnte ich nicht mehr leiden. Als sie fort war, war es viel angenehmer. In der Küche war Granny am Geschirr abwaschen.

„Kind ich dachte du bist beim Lernen."

„War ich auch, aber Mrs Mum hat mich versucht und gesagt ich soll dir in der Küche helfen."

Granny machte ihr mitleidiges Gesicht und stemmte die Hände in die Hüfte.

„Warte!"

Sie sah bei der Tür nach.

„Gut. Setz dich hin."

Granny nahm eine Kanne, 2 Tassen und stellte sie auf den Tisch. Sie setzte sich mit mir an den Tisch.

„Also. Was für Fortschritte hast du gemacht?"

„Kann gut kämpfen."

Granny nickte.

„Und Sophie?", flüsterte sie.

„Sie möchte, dass ich ihr helfe beim Aussuchen von ihrem Outfit da sie mit Sam ein Dinner hat."

„Wann?"

„Am Freitag."

„Wer hat mit wem ein Dinner?"

Diese Stimme war von Mum. Sie holte ihren Shake aus dem Kühlschrank.

„Die Mrs Gillers mit Mr Johnson."

„Genau.", gab ich auf Grannys Antwort.,

„Sie haben ihr Dinner in einem bekannten Restaurant. Wie heißt das Restaurant nochmal?"

„Im le Perth."

„Ja. So heißt es."

„Wieso interessiert euch das?"

„Nur so, Mum."

„Nur so. Dann möchte ich eure Unterhaltung nicht länger unterbrechen und geh meine Serie schauen."

„Mach das."

Wir warteten bis Mum aus der Küche war und machten eine High 5.

„Sie hat es uns abgenommen."

„Ja. Mein Kind. Wann musst du zu Mrs Teacher?"
Granny nahm den Spitznamen den ich immer für Sophie
hab.

„Nach der Schule fahre ich gleich zu ihr."

„Ist ok. Bis wann bist du zurück?"

„Weiß nicht. 5."

„Wenn es länger dauern sollte, lenken wir Caroline ab."

„Du bist die beste Granny.", sprach ich und
umarmte sie.

„Nicht der Rede wert. Was sitz ich hier rum. Ich muss
noch das Geschirr fertig abwaschen."

„Ich helf dir."

„Nicht nötig."

Ich sah sie mit einem Bambi Blick an.

„Na gut. Was musst du lernen?"

„Das hier."

Ich zeigte ihr mein Heft.

„Das ist einfach."

Granny fragte mich während dem Abwasch alles ab.
Dann machten wir das Abendessen. Ich holte das Besteck
aus der Schublade, aber dabei wurde mir Schwindlig. Oh
nein. Bitte nicht. Vor allen Dingen nicht jetzt. Nun legte ich
das Besteck auf den Tisch. Langsam begann alles zu ver-
schwimmen vor meinen Augen.

„Granny muss noch schnell weg.", brachte ich hervor.
Das was Granny darauf gab hörte ich nicht mehr.

„Auah."

Ich landete mit dem Po auf dem harten Boden. Nun hörte
ich eine Frauenstimme summen und sah mich um. Ich war
im Arbeitszimmer von Grandpa gelandet. Welche Frau
summte da? Ich folgte dem Summen. Nun kam ich ausge-

rechnet bei meinem Zimmer an. Die Tür war offen. Darin war eine junge Frau. Sie stand vor dem Spiegel und probierte jedes Kleid. Zwischen dem roten und blauen Kleid konnte sie sich nicht entscheiden.

„Welches passt besser das rote oder das blaue Kleid?",
fragte diese Frau.
Ich betrachtete im Spiegel die Kleider. Das rote Kleid war ein Abendkleid mit einer Schlaufe an der Talie und das blaue war Ärmellos. Mir gefiel das rote besser.

„Das rote würde Ihnen fabelhaft stehn.", gab ich zur Antwort.

„Danke! Dann zieh ich das an und die roten Schuhe."
Die Frau kramte die Schuhe hervor.

„Momentmal. Wer sind Sie eigentlich?", fragte sie mich und sah mich an.
Oh mein Gott. Die junge Frau war Sophie.

„Ich bin Romana Canberra. Komme aus der Zukunft.
Welches Jahr haben wir eigentlich?"

„Sommer 1996. Romana, das Enkel von Fritz und
Charlotte Canberra."

„Ja."

„Du bist es wirklich. Hat sich mein ich in der Zukunft verbessert?"

„Ja. Sie hat ihre Erinnerungen wieder. Am Freitag geht sie mit Sam zu einem romantischen Dinner."

„Genau wie heute."

„Was heißt das?"

„Ich treffe mich auch mit Sam zum Dinner."
Kind Nummer 2 ist vorprogrammiert.

„Welcher Tag ist heute?"

„Der 21.Juni. Freu mich dich wieder zu sehn. Wie soll ich bloß meine Haare machen?"

„Warte. Ich helfe dir?"

„Wirklich?"

Ich nickte. Sophie willigte ein. Nachdem sie ihr Kleid angezogen hatte machte ich ihr die Haare und schminkte sie. Als wir fertig waren rief sie voll Begeisterung:

„Es ist wunderschön. Danke schön."

Sophie umarmte mich.

„Gern geschehen."

„So ich muss los."

Sie wollte schon aus dem Zimmer.

„Deine Handtasche."

Ich gab sie ihr.

„Oh Danke. Jetzt muss ich aber."

„Ja. Bye."

„Bye Bye. Bis zum nächsten Mal."

Ich nickte. Sophie ging. Mich holte der Schwindel ein und verschwand.

Kapitel 9
Der Mann der Bande

„Wo warst du eigentlich gestern Abend?", fragte mich Julia flüsternd beim Frühstück.

„Bei Sophie.", gab ich flüsternd zu Antwort.

„Wieso flüstert ihr beide?", fragte Mum.

Granny wusste wieso Julia und ich flüsterten und machte große Augen.

„Mum, Julia und Romy haben ein Projekt, wo keiner wissen darf bis sie es präsentieren.", gab Nil auf Mums Frage.

„Jaja. Für die Schule?"

„Genau. Und das ist sehr schwierig. Ich muss los. Sonst komm ich zu spät.", sprach ich und stand auf.

„Ich auch.", rief Julia.

„Moment. Seit wann geht ihr beide gemeinsam zur Schule?"

„Mum, keine Zeit für Erklärung. Wir müssen gehen."

„Julia, Romy. Wartet. Hinsetzten!", befahl Mum.

Granny verschluckte sich genau in dem Moment und bekam einen Hustenanfall.

„Granny.", rief Nil.

Mum rannte sofort zu Granny. Julia und ich nutzen die Chance, um zu gehen.

Auf dem Weg zur Schule fühlte ich mich unwohl. Schon wegen dem, dass Julia und ich einfach gegangen sind als Granny den Hustenanfall bekam. Doch irgendwas verfolgte uns. Ich sah zurück und sah nur einen Mann im schwarzen Mantel mit Hut in derselben Farbe. Komisch. Nochmal machte ich dies.

„Was schaust du zurück?"

„Jemand verfolgt uns."

Julia blickte diesmal zurück.

„Niemand."

An der Schule lief ich sofort zu Prisella und Pia. Plötzlich stand der Unbekannte wieder da am Parkplatz. Er sah nicht aus, wie der Mann der immer vor unserm Haus war. Der Mörder natürlich. Doch wieso verfolgte dieser Mann mich.

„Hey Romy. Alles klar?", fragte Prisella.

„Ja."

„Wieso schaust du auf den Parkplatz?"

„Ach der Mann verfolgt mich den ganzen Weg zur Schule schon."

Prisella und Pia sahen den Mann an.

„Nein der ist nicht der, der es auf dich abgesehen hat glaub mir. Gehen wir."

Prisella, Pia und ich gingen in die Schule. Julia war schon voraus gegangen. Ich blickte mich noch einmal um. Der Mann war verschwunden. Nun runzelte ich die Stirn. Komisch. Und schüttelte den Kopf. So lief ich in die Schule.

Nach der Schule ging ich allein zu Sophie. Granny wusste ja Bescheid sowie Julia und Nil. Als ich so lief bemerkte ich wieder etwas. So blickte ich mich um. Wieder der Mann. Doch er war auf der anderen Straßenseite. Als ich in der Downstreet war sah ich den Mann, den Mörder. Schnell lief ich vorbei. Zum Glück war ich schnell genug bei Sophies Wohnung. Doch bei Jimmys Lollypop sah ich einen

Jungen. Der sah die ganze Zeit auf die Haustür von Sophies Wohnung. Nun scheute ich mich nicht und spazierte
auf die andere Straßenseite. Ich lief auf den Jungen zu. Der
Junge drehte sich um. Es war…

„Sebastian, was machst du denn hier?"

„Diese Frage stelle ich dir."

„Ich trainiere mit Sophie."

„Und was?", fragte er in einem genervten Ton.

„Mich zu verteidigen."

Er lachte und sah auf die andere Seite. Ich fand das nicht
lustig.

„Und der Mann hier?"

Gerade war Sam her gefahren und war ausgestiegen.
Schon ist er zu Haustür rein.

„Das ist Sam, unser Vater."

„Ach ja. Das ist unser Vater. Ich dachte sie redet nicht
mehr mit ihm."

„Das wollt ich dir noch sagen. Sie hatten ein Date."

„Was?"

Das hätte ich jetzt am besten nicht gesagt. Sofort lenkte ich
ab, um keinen Streit mit ihm zu haben.

„Ich muss los. Sonst machen Sophie und Sam sich noch
Sorgen, wo ich bleibe. Bye."

Ich lief über die Straße und schnell in die Wohnung. Die
Tür fiel ins Schloss und ich lehnte mit dem Rücken zu Tür.
Puh. Das war knapp. Ich zog meinen Mantel aus und
hängte ihn an die Garderobe. Im Wohnzimmer waren
Sophie und Sam und naja wieder mal am Küssen.

„Hallo."

Schnell lösten sie sich.

„Da bist du ja. Kommst ein klein wenig spät."

„Ja, Sam. Ich wurde aufgehalten. Ihr kennt Prisella und

Pia."

Wollte nichts von Sebastian sagen und erzählen von dem
Mann der mich heute die ganze Zeit verfolgte.

„Gut. Dann wollen wir anfangen."

Wir wärmten uns wie immer auf. Doch diesmal wurde es
mir schwindlig während des Aufwärmens.

„Geht's Romy?", fragte Sophie.

„Ja."

Wieder drehte es mich.

„Setz dich am besten hin."

Ich wollte mich hinsetzen, aber es begann sich alles vor
meinen Augen zu drehen.

„Ich glaube es ist ein Sprung."

„Ok. Konzentriere dich oder nimm deinen Ring.",
sprach Sam.

Ich konnte nicht mehr auf den Ring drücken und merkte
nur noch, dass Sophie meinen Unterarm hielt.

Ich landete ein wenig unsanft auf dem Boden. Der Boden
war ein Parkettboden. Das Zimmer war eher mit alten
Möbeln eingerichtet. An der Wand hing ein Kalender.
Doch es war sehr klein geschrieben. Also stand ich auf.
Jetzt erst merkte ich, dass jemand neben mir war.

„Sophie, wie konntest du mitkommen, ohne dass ich
den Ring benutzte?"

„Keine Ahnung. Wo sind wir überhaupt?"

„Das wollte ich geradeheraus finden.", gab ich zur
Antwort und zeigte auf den Kalender.

Sophie nickte. Auf dem Kalender stand 17. Juli 1864.

„Im Jahr 1864."

„Im 19.Jahrhundert."

„Bingo. Woher weißt du das jetzt?"

„Sam hat es mir erklärt mit den Jahrhunderten."

„Ach so."

„Auf was hast du dich eigentlich konzentriert?"

„Weiß selbst nicht. Ins 19. Jahrhundert hatte ich noch nie einen unkontrollierten Sprung."

„Na toll. Was ist, wenn jetzt jemand kommt?"

„Sophie du darfst keine Angst haben, denn Angst ist die größte Gefahr beim Zeitreisen. Du musst dich der Zeit gleich stellen. So."

Ich öffnete die Tür.

„Komm. Ich möchte wissen bei wem wir gelandet sind."

Sophie folgte mir misstrauisch. Der Gang war total ähnlich wie in Sophies Wohnung. Momentmal ist das Sophies Wohnung im 19.Jahrhundert. Die Küchentür stand offen und ich sah hinein. In der Küche standen ein Mann und eine Frau und küssten sich.

„Oh. Sophie, jetzt weißt du wie es mir geht, wenn ich Sam und dich beim Küssen sehe.", flüsterte ich ihr zu.

Sophie hob eine Augenbraue. Ich räusperte mich. Das Paar löste sich voneinander. Die Frau und der Mann sahen uns fragend an. Doch ich bemerkte, dass die Frau einen Ring an den Fingern trug, der aus sah wie ein Zeitreisering.

„Haben Sie ein Gen?", fragte ich die Frau und zeigte auf ihre Hand.

„Ja. Wer seid ihr?", gab die Dame zu Antwort.

„Ich bin Romana Canberra und das ist meine Tante Sophie Self. Und ihr?"

„Ich bin Katharina und das ist George Smith. Nehme an Sie haben auch eins."

Ich nickte und zeigte meine Hand.

„Einen rosa Stein."

Jetzt kam mir Katharina bekannt vor. Sophie und ich hatten doch den Ring im Jahr 1879 von ihr mitgenommen.

„Fabelhaft. Wann wurden Sie geboren?"

„Im 1998. Das heißt ich existiere noch gar nicht."

„Ein Zeitsprung."

Das sich Katharina traut vor George über das Gen zu reden. Ist George ihr Ehemann später? Weiß es selbst nicht. George machte ein grimmiges Gesicht. So wie es aussieht ist die Wohnung in der Familie geblieben.

„Genau."

„Aus welchem Jahr kommt ihr?"

„2015."

„Oh das ist in über 100 Jahren. Was führt euch zu mir?"

„Nur ein Zeitsprung.", gab Sophie darauf.

„Versteh. Ihr seid einfach so hier gelandet.", sagte Katharina enttäuscht.

Jetzt sagte George auch etwas: „Ich sollte jetzt gehen Katharina. Die Arbeit ruft."

„Gut. Dann bis heute Abend, George."

George verabschiedete sich von Sophie und mir.

„Auf Wiedersehn die Damen."

George ging. Katharina sah ihm sehnsüchtig nach. Mir wurde auf einmal schwindlig.

„Wir sollten zurück, Sophie."

„Gut. Auf Wiedersehn, Katharina."

„Auf Wiedersehen Mrs Self und Miss Canberra."

„Du musst mich festhalten Sophie sonst bleibst du hier."

„Ach so ja."

Sie hielt meine Hand und wir lösten uns auf.

Beim Abendessen fragte mich wieder mal Mum, wo ich am Nachmittag war. Natürlich log ich wieder.

„Mit Pia und Prisella unterwegs."

Um es nicht zu erzählen verfolgt zu werden. Erst der Mann, dann Sebastian und auf dem Heimweg schon wieder der Mann. Was mich immer noch wunderte wieso Sebastian gegenüber von der Wohnung war? Komisch ist es schon sowie der Zeitsprung zu Katharina. Vorallendingen George war nicht so begeistert Sophie und mich zu sehn und war sehr schnell fort. Gibt alles einen Zusammenhang? Julia stupste mich an.

„Mum hat dich gerade gefragt, ob du auch einen Jogurt möchtest."

Ich schüttelte den Kopf und Mum lief zum Kühlschrank. Julia flüsterte mir zu:

„Und?"

Ich sah zu Mum hinüber dann wieder zu Julia.

„Reden wir später."

Granny gab mir ohne, dass es Mum sah einen Brief. Ich versteckte ihn unter dem Tisch. Mum wendete sich wieder zu uns.

„Ist etwas?"

„Nichts.", machten Julia, Granny und ich mit einem Schulterzucken.

Nil aß sein Butterbrot.

„Na gut."

Ich rutschte mit den Fingern hin und her bei dem Brief. Eigentlich möchte ich jetzt wissen was da drin steht. Unruhig sah ich auf die Uhr und Mum. Schlussendlich sagte ich, dass ich aufs WC müsse. Ohne dass es Mum merkte versteckte ich den Brief hinter dem Rücken. Schnell verließ ich die Küche und ging ins Arbeitszimmer. Ließ mich dort auf dem Stuhl nieder. Auf dem Umschlag las ich die Adresse. Nun öffnete ich den Brief.

Liebe Mrs Canberra?   **London, 14.6. 2012**

Wie geht es Ihnen? Ich hoffe es geht Ihnen gut. Hab jetzt erst erfahren , dass Fritz verstorben ist . Möchte hier mein Beleid aussprechen. Ihr ward meine Zicheltern solange ich bei euch gewohnt habe. Werde Fritz nie vergessen, denn er war ein guter Mann weiße und klug. Schreib nicht nur wegen Fritz, sondern wegen Romana. Ich vermiss Romana sehr. Seit sie nicht mehr hier in der Stadt zu Schule geht. Hab wegen Caroline kein Wort ihr gesagt. Würde gerne wissen wie es dem Mädchen geht, denn sie ist so ein liebes, freundliches Mädchen wie ihre... Sie wissen sicherlich was ich meine. Bitte lassen Sie es mich wissen.

Mit freundlichen Grüßen,

Sophie Self

Ich ließ den Brief sinken. Sophie wollte wissen, wie es mir geht nachdem wir wieder zu Granny zogen, nachdem Grandpa gestorben war. Doch was meinte Sie mit so eine liebes, freundliches Mädchen wie... Was weiß Granny? Oder Grandpa auch? Die Frage ist was wird mir noch verheimlicht. Nun tat ich den Brief in den Umschlag zurück. Muss es unbedingt heraus -finden. Aber die Bande ist immer noch hinter mir her und was den Mann angeht der mich verfolgt hat. Den muss ich auch im Auge behalten. Mit diesen Gedanken und den Brief verließ ich das Arbeitszimmer. In der Küche waren sie schon am Abräumen. Granny war wie immer außer Reichweite. Wahrscheinlich im Wohnzimmer. Um mit mir nachher zu reden oder Julia sprach mit mir. Julia, Mum und Nil hatten gerade die Spülmaschine gemacht, als Mum mich bemerkte.

„So kann man sich auch vor Arbeiten drücken."
War ihre Bemerkung dazu und ließ Julia, Nil und mich in der Küche zurück. Als Mum einige Minuten weg war fragte Julia:

„Wie war das Training heute?"

„Gut. Nur ich hatte einen Zeitsprung ohne Ring mit Sophie, da sie meinen Arm hielt."

Julia machte große Auge.

„Im Ernst. Ich dachte, dass das nicht geht."

„So ging es mir auch. Frag mich immer wieder wieso ausgerechnet solche Sachen immer nur mit…"

Ich unterbrach den Satz und sah mich um. Mum war nicht in der Nähe.

Dann flüsterte ich:

„Sophie."

„Es ist äußerst komisch wieso immer mit ihr."

Nil nickte nur zustimmend.

„Weißt du was, wir müssen das heraus finden. Am besten heute noch."

„Vergiss es Julia. Heute nicht mehr. Ich bin müde und möchte mich erholen."

„Na gut dann morgen Schwesterherz."

„Gute Nacht." So verließ ich die Küche.

Kapitel 10
Die Falle

„Was deine Tante Sophie hat Granny geschrieben, als ihr wieder zu deiner Granny gezogen seid?", fragte Pia, als ich Prisella und Pia es am nächsten Tag erzählte. Ich nickte.

„Nochmal. In dem Brief erkundete sich Sophie nach dir und schreib von einem freundlichen, lieben Mädchen wie... Wie wer ist hier die Frage?"

„Genau."

„Romy das gibt alles keinen Sinn. Wieso möchte Sophie im Jahr 2011 etwas von dir wissen?"

„Das weiß ich leider auch nicht, Pia."

„Hey Süße mach dir jetzt keinen Kopf. Die Wahrheit kommt irgendwann ans Licht. Lasst uns ins Klassenzimmer.", sprach Prisella.

Auf den Weg zum Klassenzimmer blieb ich stehn. Mir wurde schwindlig.

„Was ist?", fragte Pia, als sie nach mir blickte. Ich schüttelte den Kopf.

„Nichts."

„Also komm."

Ich lächelte matt. Dieses Schwindelgefühl verschwand dann wieder. Im Klassenzimmer wimmelte es schon von Schülern. Michelle entdeckte uns.

„Guten Morgen!", begrüßte uns diese freundlich.

Nur Diana sah uns böse an. Als ich Platz nahm, bekam ich fürchterliche Kopfschmerzen. Nicht auch noch das. Was ist das heute? Erst ist es mir schwindlig und jetzt hab ich auch noch Kopfweh. Ich versuchte die Kopfschmerzen weg zu denken. In ein paar Minuten beginnt der Unterricht.

Nach der 3. Stunde war ich froh, dass endlich Hofpause war. Pia, Prisella und ich saßen auf der Bank und aßen unsere Sandwich. Auf einmal sah mich Pia an.

„Geht es dir gut?"

„Weiß nicht. Irgendwas stimmt nicht."

„Und was?" Prisella wurde ganz neugierig.

„Naja. Erst wird mir schwindelig dann bekomm ich Kopfschmerzen und bin aber nicht gesprungen."

„Das ist komisch für unser Gen."

„Eben."

„Versuch dich jetzt zu konzentrieren auf etwas."

„Und auf was, Pia?"

„Auf eine Reise." Ich sah Pia mit großen Augen an.

„Der Unterricht mit Mrs Pruse…"

„Vergiss den jetzt."

„Okay."

Nun konzentrierte ich mich. Nun stellte ich mir die Frage was ich wissen wolle. Einige Minuten später hörte ich nicht mehr das Hofpausen Gewimmel.

Nachdem ich wieder zu mir kam saß ich in einem Zimmer. Sah mir eher wie ein Wohnzimmer aus und war modern eingerichtet. Wie ich jetzt erst bemerkte saß ich auf dem Sofa. War hier jemand zu Hause? Nun wurde ich neugierig und stand auf. Auf einmal stand ich in einem Flur. Diese Wohnung ist mir unbekannt. Aber irgendwie erinnert mich der Stil der Einrichtung an Sophie. Momentmal. Wohnt hier Sophie? Doch dann hörte ich Stimmen und versteckte mich in dem Zimmer, wo die Tür offen stand an der Wand so dass man mich nicht sehen konnte.

„Gut dann treffen wir uns heute Abend. Bis später, Bob.", sprach eine junge Männerstimme.

Diese Stimme erinnerte mich an… Beni. Ihn hab ich damals bei meinen Zeitsprung im Jahr 2014 gesehen. Hörte den Kühlschrank sowie eine paar Schritte bis die Türe wieder ins Schloss fiel. Puh, das war knapp. Ich blickte auf den Tisch der dort stand. Lauter Zettel und Hefte lagen darauf. Lief zum Tisch und meine Blick schweifte über das Ganze bis ich einen weißen Zettel hervor stehen sah. Nahm diesen Zettel hervor und ein rotes Buch kam zum Vorschein. Ich nahm das Buch und blätterte darin. Bis ein Bild heraus flog. Mit der weißen Seite nach oben landete es auf dem Boden. Nun hob ich es wieder auf und kehrte das Bild. Es war ein Ultraschallbild. Auf dem Bild war ein Baby zu sehn. Das Datum war der 21.Mai 1998. Sowie der Name Sophie Bauer. Heißt das Sophie war wirklich noch einmal. Wo ist dieses Kind aber? Legte das Bild wieder hinein da, wo es raus gefallen war und las auf dieser Seite.

Mein lieber kleiner Engel!

In ein paar Monaten ist es soweit. Da darf ich dich endlich sehn. Hab schon ein Zimmer für dich eingerichtet. Ein ganz besonderer Platz extra für dich. Mein lang ersehntes Mädchen ich erwarte dich und freu mich auf dich, mein kleiner Engel. Kann es kaum erwarten dich endlich in meinen Armen zu halten.

Deine Mum

Ich schloss das Buch wieder. Was hat das alles zu bedeuten? Mein kleiner Engel? Wer ist ihr lang ersehntes Mädchen? Nun hörte ich eine Tür die ins Schloss fiel.

„Hallo!", rief eine Frauenstimme.

Diese Stimme war von Sophie. Schnell legte ich das Buch wieder dorthin auf den Tisch und konzentrierte mich auf meine Rückreise. Bevor mich Sophie sah war ich schon verschwunden.

„Und wo warst du?", fragte Pia.

„Bei Sophie.", gab ich zur Antwort, als wir drei die Downstreet durch querten.

„Was hast du diesmal raus gefunden?" Diesmal Prisella.

„Ihr…"

Bevor ich überhaupt weiter reden konnte unterbrach mich ein Schwindelgefühl und griff mir an den Kopf.

„Ist alles in Ordnung?"

„Ich hab ein ungutes Gefühl."

„Wegen was?"

„Wenn ich das selbst wüsste.", entgegente ich Schulter zuckend.

Stille trat ein. Irgendwas stimmte heute überhaupt nicht mit mir. Erstens woher kamen diese komischen Schwindelgefühle, zweitens diese ständigen Fragen die ich mir stelle und drittens dieses Mädchen von Sophie. Ich schüttelte den Kopf. Nun versuchte ich mich auf das Traning mit Sophie und Sam zu freuen. Wir waren fast bei Sophies Wohnung als ich sprach:

„Prisella und Pia wir sind da."

„Also dann bis morgen."

„Bye. Bis Morgen."

Ich öffnete die Tür und rief:

„Hallo!"

Doch ich bekam keine Antwort. Voll verwirrt ging ich ins Wohnzimmer.

„Guten Tag Sophie!-Sophie."

Nun sah ich auf den Boden. Da lag Sophie.

„Sophie."

Ich kniete mich auf den Boden und rüttelte an Sophie. Eine Angst kam in mir auf. Nein bitte nicht.

„Sophie wach auf! Sophie."

Mir schossen die Tränen aus den Augen und zog mein Handy heraus. Plötzlich packte mich jemand von hinten und ich hielt mir ein Tuch vor den Mund und die Nase. Ich versuchte mich zu wehren, aber mir wurde es schwarz vor den Augen und fiel in mich zusammen. Dann merkte ich nichts mehr.

Die folgenden Kapitel 11-14 sind aus den Sichten der verschieden Personen des Buches wie sie über das denken, fühlen sowie umgehen mit der ganzen Situation was nun geschehen ist.

Kapitel 11
Drohungen

Sam parkierte sein Auto zwischen zwei Autos. Das Auto davor war Sophies. Er freute sich Sophie wieder zu sehn. Pfeifend stieg er aus dem Auto und lief zur Wohnung. Die Tür öffnete er sanft und leise, denn Sam wollte Sophie überraschen mit einem Blumenstrauß. An der Garderrobe hingen Sophies Jacke sowie Romys. Leise zog er die Schuhe und seine Jacke aus. Dann schlich er ins Wohnzimmer.

„Hallo Sophie…"

Ihm verschlug es die Sprache. Weit und breit war keine Sophie und Romy zu sehn. Auf dem kleinen Tisch standen wie immer 3 Tassen und eine Kanne mit Tee. Erst dachte er Sophie und Romy seien in der Küche. Doch dann fiel sein Blick auf den Boden. Vor sich auf den Boden fand er Sophies Ohrring sowie Romys Ring.

„Oh Gott! Sophie, Romy!",rief Sam und lief durch die ganze Wohung.

Er suchte die beiden, aber keine Spur von Sophie noch von Romy.

„Was war passiert? Nein. Die Bande. Ich war nicht da, um die beiden zu beschützen."

Verzweifelt nahm er sein Handy und wählte Julias Nummer, denn bei Grannys Telefon anzurufen wäre nicht gut wegen Caroline. Es wählte an.

„Hallo Julia!"

„Hallo Dad!"

„Bei euch ist Romy nicht?"

„Nein. Ich dachte, sie sei bei dir."

„Eben. Deswegen ruf ich an. Romy und Sophie

wurden…"

„Was wurden Romy und Sophie?- Dad."

„Ehh. Ja. Sie wurden entführt."

„Oh Nein."

„Ist Caroline zu Hause?"

„Nö. Nur Granny, Nil und ich."

„Gut. Dann komme ich zu euch. Bis Gleich."

„Bis Gleich."

Sam legte auf. Nun machte er sich doch Vorwürfe. „Ich bin kein guter Dad.", redete er sich ein und verließ die Wohnung mit dem Ring und dem Ohrring.

Julia legte ihr Handy auf den kleinen Tisch im Wohnzimmer. Jetzt erst realisierte Julia was geschehen war und machte ein trauriges Gesicht. Schweren Herzens sagte sie zu Granny:

„Keine guten Nachrichten Granny."

„Was ist los?", fragte sie Julia.

Julia holte tief Luft bevor sie eine Antwort gab.

„Romy und Sophie wurden entführt."

Granny ließ die Karten auf den Boden fallen. Für Granny war es ein Schock.

„Wie bitte entführt?"

„Du hast richtet gehört. Entführt. Sam kommt gleich."

„Das ist überhaupt nicht gut. Es ist sicherlich der Mann gewesen, der Grandpa schon ermordet hatte. Versprich mir kein Wort zu Caroline. Meine Vision hat sich bewahrheitet."

„Versprech ich dir. Aber was lässt du dir einfallen? Denn Mum würde es ja sicherlich merken, wenn etwas nicht stimmt."

„Mir fällt immer etwas ein. Sie weiß nämlich nichts von Sophie und Sam. Dies sollte noch geheim bleiben."
Julia nickte.
„Das stimmt.", dachte sie, „Denn, wenn jetzt Mum es wüsste, würde sie Sophie als die Entführerin sehn."
Julia hob die Karten vom Boden auf und legte sie auf den Tisch.
„Jetzt muss ich mir einen Gin einschenken, bevor wir weiter spielen."
„Ist gut."
Granny stand auf und verließ das Wohnzimmer
. „Hoffentlich ist den beiden noch nichts Schlimmes zu gestoßen, als die Entführung.", dachte Julia.

„Wo bleibt Mum eigentlich?", fragte Benjamin Sebastian, als er ins Wohnzimmer kam.
„Du weißt doch, dass sie Romy hilft. Vielleicht hat Sam sie zum Abendessen eingeladen.", gab Sebastian zur Antwort und las seine Zeitschrift weiter.
„Wer ist Sam?"
„Beni, unser Dad. Du Scherzkeks."
„Ach so ja. Seit wann reden die beiden wieder miteinander?"
„Keine Ahnung."
„Schön, dass ich es auch schon erfahre. Wie lange geht das denn schon so?"
„Seit Dezember."

„Das ist typisch Mum. Erst verabscheut sie ihn und jetzt."
„Sag das ihr mal so."
Beni setzte sich aufs Sofa. Nach kurzer Zeit fragte er:

„Was liest du da?"

„Ein Teenager Magazin."

„Seit wann?"

„Einfach so."

„Hier. Jetzt kannst du es lesen. Ich geh in die Küche und hol mir was zu essen."

Er sah auf seine Uhr.

„Es ist schon 20 Minuten vor 7. Langsam muss man sich echt Sorgen machen, wo Mum solange bleibt.", sprach Sebastian und verließ das Wohnzimmer.

Beni lehnte sich zurück und fing an das Magazin zu lesen. Als dann das Handy läutete. Doch es war nicht seins.

„Dies ist Sebastian seins.", dachte er und las weiter.

Nachdem es wiederum läutete nahm Beni doch ab.

„Hallo. Hier ist Benjamin."

„Guten Abend! Hier ist Sam."

„Ach Hoi Sam."

„Du wunderst dich sicherlich, wieso ich mich melde. Stör ich?"

„Nö. Gar nicht."

„Okay. Ich muss dir eine schlechte Nachricht übermitteln."

„Schieß los."

„Romy und deine Mum wurden entführt von der Bande, die schon einmal einen Mord versuch bei Romy versucht hat."

Sam hörte sich schon ziemlich fertig an.

„Entführt?"

Genau in diesem Augenblick kam Sebastian.

„Gut. Danke für die Info. Bye."

Ben legte so schnell wie möglich auf.

„Und?", fragte Sebastian.

„Es war Sam unser Dad. Mum wurde mit Romy
enführt von dieser Bande."

„Was?"

„Ja."

„Momentmal. Mum hat doch immer erzählt, dass Romy
in Gefahr sei wegen dem Gen, das die Canberras erben.
Vor einigen Monaten wurde Romy atterkiert. Wo Mum
natürlich sofort zu ihr gefahren ist."

„Du meinst Romy wurde wegen dem Gen entführt.
Doch für was braucht man Mum dafür?"

„Als Geisel zum Beispiel. Weil Romy allein wäre doch
fad. Unsere Mum als Geisel für Erpressungen oder
Drohungen."

„Wir müssen Granny und dem Rest helfen."

„Wir haben ein Problem?"

„Und welches?"

„Dieses Problem heißt Caroline."

„Der ist es doch egal, wenn es um unsere Mutter geht.
Pack deine Sachen, kleiner Bruder. Wir fahren zu
Granny Lotte."

„Ok. Schon unterwegs." Sebastian und Beni verließen
das Wohnzimmer.

Tina wälzte sich im Bett hin und her. Vor ihren Augen sah
sie Sophie und Romy. Sie waren glücklich. Als plötzlich
ein Mann kam und die beiden atterkierte. Sophie hatte
sofort verloren gegen den Mann. Romy kämpfte bis sie
schlussendlich auch verlor.

„Du wirst sterben, Dämon.", sprach der Mann und
lachte hönisch.

„Nein!", rief Tina erschrocken und öffnete die Augen.

Sofort machte sie Licht. Völlig außer Atem nach diesem Albtraum sprach sie:

„Sophie und Romy."

Schnell nahm sie ihr Handy. Keine neuen Nachrichten. Es ist 2:45 Uhr. Zeigte ihr Handy an. Tina ließ sich aufs Kissen plumpsen. Irgendetwas stimmte nicht. Auf ihrem Handy suchte sie Romys Nummer. Einige Minuten später hatte sie die Nummer gefunden. Tina wählte. Nur die Mailbox meldete sich. Tina spürte, dass etwas nicht stimmte. Hoffentlich ist Romy nichts zugestossen oder Sophie oder beiden. Ihre Gedanken spielten verrückt.

„Sollte ich zu Charlotte Canberra fahren?"

Sie drehte sich hin und her.

„Okay. Ich fahre gleich nach dem Frühstück zu ihr.",

nahm sich Tina vor und schloss die Augen.

Ich blinzelte.

„Wo bin ich?", fragte ich leise.

Es war dunkel und kalt. Ich zitterte am ganzen Körper, weil ich frierte. Nun lehnte ich mich an jemanden.

„Wer ist da?", rief ich.

„Ich bins Romy.", sprach eine Frauenstimme.

Diese Frauenstimme kam mir bekannt vor. Es kann nur…

„Sophie, was machen wir hier und was ist passiert?"

„Das wieß ich leider auch nicht. Moment. Jemand attakierte mich von hinten.", gab Sophie zu Antwort und ich spürte, dass sie auch zitterte.

„Mich auch."

„Das ist komisch."

Auf einmal fiel mir etwas ein.

„Ich bin ins Wohnzimmer gekommen und da hab ich

142

dich liegen sehn auf dem Boden. Sofort kniete ich mich neben dich. Dann wurde mir ein Tuch vor die Nase gegeben mit einem festen Handgriff."

„Warte!"

Sophie legte die Hände an den Kopf, obwohl es dunkel war konnte ich sehn was sie machte.

„Ich hatte gerade 3 Tassen und die Teekanne auf den Tisch gestellt und wollte zurück in die Küche als ich auch ein Tuch vor die Nase bekam."

„Genau wie ich. Sophie…"

„Romy kann es sein, dass wir beide entführt wurden?" Als dies Sophie sagte, kamen die Erinnerungen an die Hochzeit, sowie das im Klassenzimmer hoch. Mir zog es alles innerlich zusammen vor Angst.

„Du meinst mein Mörder versucht uns hier einzusperren?"

„Ja."

Sofort sah ich auf meine Hand.

„Wir könnten Zeitreisen. Aber wo ist mein Ring?"

„Siehst du, der einzige Weg zum Fliehen ist weg. Es ist hoffnungslos. Er hat uns in seinen Händen. Du bist verloren."

„Nein, Sophie. Es gibt immer noch einen Ausweg. Ich kann auch ohne. Dies weiß mein Mörder nicht."

„Du hast recht. Schlaf aber jetzt. Es ist dunkel. Wenn es hell ist kannst du es versuchen."

„Okay."

Wir kuschelten uns aneinander, dass wir es etwas wärmer hatten und ich schloss meine Augen.

„Im Unterricht von Mrs Pruse zu hören ist langweilig.",
dachte Pia, als Mrs Pruse am Erklären war.

Mrs Pruse hat gesagt Romy sei krank. Was Pia irgendwie
als komisch betrachtete, da Prsiella keine Nachricht von
Romy erhalten hatte. Romy ist doch so selten krank. Plötzlich wurde es Pia schwindlig.

„Oh nein! Was ist das?", fragte sich Pia.

Es wurde immer stärker. Pia stand auf und lief zu dir.

„Wo gehst du hin?", fragte Prisella.

„Warte!"

„Pia setz dich sofort wieder auf deinen Platz!", befahl
Mrs Pruse.

Pia war schon im Gang und ignorierte das, was Prisella
und Mrs Pruse sagten. Schneller fing sie an zu laufen. Nun
rannte Pia. Dieser Schwindel wurde immer stärker. Alles
drehte sich um sie auf einmal und verschwamm vor ihren
Augen. Jemand fing Pia auf. Als sie klar wieder sah, erkannte sie wer es war.

„Romy ich dachte du wärst krank."

„Nein. Bin ich nicht. Sophie und ich wurden entführt.
Meinen Ring hab ich leider nicht."

„Wie kamst du hier her?"

„Ich kann mehr wie die anderen Gens. Du musst Tina
finden. Sie kann uns helfen."

„Wo find ich sie?"

„In der Stadt."

„Was machst du?"

„Ich muss zu Sophie zurück. Der Mann darf keinen
Verdacht schöpfen. Kein Wort zu Prsiella, dass wir
entführt wurden."

„Versprech ich dir."

„Denn sie darf nicht in Gefahr kommen. Find Tina und

144

steckt alle Ringe zusammen."

„Moment wo sind die?"

Pia bekam keine Antwort mehr, denn Romy hatte sich mit einem rosanen Strahl wieder in Luft auf gelöst. Kurze Zeit später auch Pia.

„Und?", fragte Sophie, als ich neben ihr landete.

„Ich hab Pia getroffen. Sie wird uns helfen."

„Gut. Psst. Da kommt jemand. Setz dich."

Ich setzte mich hin. Die Schritte kamen immer näher. Es schüttelte mich, da der Steinboden total kalt war. Ein Quietschen der Tür war zu hören. Sophie stockte der Atem. Ein Mann mit schwarzer Bekleidung kam auf uns zu.

„So nun gibt es Essen. Doch bevor es das gibt, musst du noch etwas erledigen.", sprach diese schreckliche Stimme und zeigte auf Sophie.

Ihh Dosenessen. Mir wurde schon schlecht von dem Geruch. Der Mann war genau der, der mich immer verfolgt hatte in letzter Zeit.

„Steh auf!", befahl er.

Sophie reagierte nicht.

„Steh auf hab ich gesagt."

In einem strengeren Ton.

„Willst du aufstehn oder soll ich dir Beine machen."

Der Mann packte Sophie fest am Arm und zog sie hoch.

„Auha!", rief Sophie.

„Lass sie los!", sprach ich.

„Du halt die Klappe. Hast hier nichts zu melden."

Er gab mir einen Tritt in den Bauch.

„Au!"

„Nein!", rief Sophie und versuchte sich frei zu kämpfen. Ich zog mich zusammen vor Schmerz. Der Mann drückte fester an ihrem Arm.

„Ihr habt keine Chance.", redete er, lachte und nahm Sophie mit sich.

Mich gruselte es vor dem Lachen. Sophie, nein!

„Bitte beeil dich, Pia.", dachte ich und zog mich vor Schmerz weiter zusammen.

Mitten im Gang landete Pia unsanft auf dem Boden. Schnell raffte sie sich auf.

„Ich muss unbedingt zu Mrs Canberra. Sophie und Romy muss geholfen werden. Schnell bevor etwas passiert.", dachte Pia.

Statt ins Klassenzimmer zurück zu kehren lief sie aus der Schule mit der Jacke. Unterwegs dachte sie über Romys Worte nach.

„Enführt."

Wie hart. Bin ich bald die nächste, da ich auch ein Gen habe. Pia lief der kalte Schweiß über den Rücken. Es ist gruslig, wenn man darüber nachdenkt. Nach einer guten viertel Stunde Gehminuten war Pia bei Charlotte Canberra. Zaghaft klingelte sie. Langsam öffnete jemand die Tür. Es war Charlotte Canberra, Romys Granny.

„Guten Tag, Mrs Canberra!"

„Hallo Pia! Was machst du denn hier?"

„Keine Zeit für eine Erklärung. Darf ich rein kommen?"

„Klar doch. Komm rein mein Kind."

Pia lief hinein und zog sich die Jacke aus. Danach führte sie Mrs Canberra ins Wohnzimmer. Im Wohnzimmer saßen zwei Jungs und am Fenster stand ein Mann.

„So meine Gute. Möchtest du einen Tee?"

„Ja gern, Mrs Canberra", gab Pia zur Antwort.

„Dann hol ich eine Tasse. Setz dich ruhig hin.", sprach Charlotte und verließ das Wohnzimmer.

Pia setzte sich auf den Sessel.

„Wer bist du?", fragte einer der Jungs.

„Ich bin Pia Lion. Das Enkel von Jane und Roger Canberra. Und ihr?"

„Ich bin Benjamin. Kannst aber ruhig Beni zu mir sagen. Das ist mein Bruder Sebastian. Wir sind die Söhne von Sophie und Sam.", gab Beni zur Antwort und zeigte auf den Mann der am Fenster stand.

„Oh. Dann wurde eure Mutter mit Romy enführt."

Jetzt wurde Sam hellhörig und drehte sich um.

„Von wem weißt du es?", fragte Sam Pia.

„Von Romy."

„Das ist unmöglich.", redete Sebastian.

„Ich hab Romy getroffen in der Zeit vor einer guten halben Stunde. Sie hat mir gesagt, was wir tun müssen und dass sie zu Sophie zurück muss wegen dem Mörder. Da Romy ihren Ring nicht hat können sie so nicht fliehen."

„Moment!", sprach Sam, „Romy setzt ihr unkontrolliertes Reisen kontrolliert ein, um uns zu helfen. Was hat Romy gesagt?"

Genau in dem Moment kam Charlotte zurück. Schenkte in die Tasse Tee ein.

„Romy hat gesagt, wir sollen Tina finden und alle Ringe zusammen stecken."

„Wer ist Tina?", fragten Beni und Sebastian gleichzeitig.

Charlotte machte große Augen.

„Tina Dolphin ist auch Zeitreisende wie Romy und Pia.

Aber sie ist tot."

„Nein, Sam. Prisella, Romy und ich haben sie gerettet genau wie Lady Tiger. Durch Tina können wir Romy und Sophie finden."

„Wo finden wir Tina?", fragte Sebastian.

„In der Stadt.", gab Pia darauf.

„Na toll.", rief Beni

„Also los."

Plötzlich bimmelte Sams Handy und er zogs aus seiner Tasche.

„Nur eine MMS."

Es war ein Video. Sam drückte darauf.

„Wartet! Es ist Sophie.", sprach Sam.

Alle standen auf außer Charlotte um es an zu schauen. Sie sah schweigend von ihrem Standpunkt zu.

„Hallo Sam. Wenn du mich wiedersehn willst, wirst du dem Anführer der Bande die Ringe der Gens sowie sämtliche Dokumente der Canberras über das Gen bringen."

Danach rief Sophie weinerlich: „Vertrau dem nicht Sam. Er wird Romy und mich ermorden…"

Weiter konnte sie gar nicht sprechen, denn jemand drückte so fest an ihrem Arm und sprach:

„So lieber Sam und die Canberras. Macht dies sonst wird Sophie bitterlich leiden."

Dann lachte der Mann höhnisch.

„Nein, Sophie.", sprach Sam leise, aber Pia hörte es. Pia bekam Angst davor.

„Der Typ glaubt echt, dass er uns erpressen kann. Also fahren wir zu Tina?", sagte Beni.

Doch keiner rührte sich. Nach ein paar Minuten fragte Sebastian:

148

„Was passiert eigentlich, wenn…"

Ein Klingeln unterbrach ihn. Charlotte schss hoch und lief zur Tür. Wenige Minuten später kam sie mit einer Frau zurück.

„Ich glaube ihr braucht nicht mehr fahrn. Hier ist Tina. Habt ihr Glück, dass Caroline nicht da ist. Ich brauch erstmal einen Gin."

„Wow! Sie sieht aus wie Romy.", sprach Sebastian.

„Hallo. Ich weiß, Romy und mich verwechselt man oft. Was ist los mit Romy?"

„Romy und Sophie wurden entführt.", gab Beni zur Antwort.

Tinas Blick fiel auf Sam. Nun wusste sie, dass ihr Gefühl sie nicht getäuscht hatte.

„Autsch. Sam hat es geschockt sowie es aussieht."

„Nachdem Video schon."

Diesmal Sebastian.

„Oh. Darf ich es sehn?" Beni stupfte Sam an.

„Klar. Hallo Tina."

Sam gab Tina sein Handy. Alle setzten sich wieder hin. Nachdem Tina das Video gesehn hatte, erzählte Pia alles.

„Romy ist zu clever für diesen Mann, der ihr Mörder sein soll. Die Ringe müssen wir zusammen machen so wie Louise Marie von Preußen es bestimmt hatte. Gar nicht dem geben. Wo Sophie und Romy sind sollten wir herausfinden."

„Aber wo sind die Ringe?", fragte Sebastian.

„Dafür müsst ihr Julia fragen. Sie sollte in einer Stunde da sein.", gab Granny zu Antwort.

„Okay. Den Rest können wir jetzt besprechen wie wir die beiden befreien wollen bis Julia kommt."

„Aber tut mir einen Gefallen. Kein Wort zu Caroline." ,

sprach Granny.
Alle nickten.

Kapitel 12
Zusammenhalt

Sophie fiel unsanft auf den Boden neben mich.

„Nun bin ich mal gespannt was Sam wichtiger ist.

Seine Tochter oder seine Liebe.", sprach der Mann und verschwand.

Man hörte wie die Tür ins Schloss fiel. Als nichts mehr zu hören war, fragte Sophie:

„Schmerz es noch?"

„Nein. Und dir?"

„Ja."

„Zeig mal deinen Arm."

Ich sah mir den Arm an, nachdem ich den Ärmel hoch gerempelt hatte.

„Du hast einen Abdruck. Was hat er eigentlich mit dir gemacht?"

Sophie schluchzte erst dann sprach sie:

„Er will Sam erpressen. Sam soll die Ringe sowie die Dokumente der Canberras über das Gen bringen, dafür bekommt er mich."

„Schon klar. Wenn er dies nicht tut entscheidet er sich für mich."

„Genau."

„Wir können nur hoffen das Pia das tut was ich ihr gesagt habe."

„Was hast du ihr eigentlich gesagt?"

„Sie soll die Ringe zusammen tun und Tina finden."

„Heißt das Pia kann auch reisen?"

„Ja. Wir müssen die Bande in eine Falle locken. Dafür müsste ich mich immer wieder mit Pia treffen."

„Das ist doch gut. Wie sollen sie uns finden?"

„Ich würde reisen, um dies raus zu finden."

„Du bist wirklich ein Goldstück, aber geht das?"

„Weiß nicht. Ausprobieren kann man es mal."

„Dies kannst nur du,wenn wir wissen, wann er kommt."

„Stimmt. Hast du eine Uhr?"

„Ja. Meine Armbanduhr. Es ist jetzt 11:15."

„Das heißt zwischen 10 und 11. Am Abend sollten wir noch wissen."

Mein Magen knurrte.

„Was zum Essen haben wir doch nicht bekommen. Ich besorg uns was aus der Zeit."

„Mach das."

„Auch für deinen Arm eine Salbe und eine Decke. Es ist kalt hier."

Sophie nickte.

Julia lief im flotten Schritt nach Hause. Das Romy und Sophie entführt hat sie so geschockt, dass sie auch Angst haben muss entführt zu werden. Neben ihr lief Nil. Seine geröteten Wangen waren von der Kälte gerötet. Mit seinem flachen Atem versuchte er die Stimmung seiner Schwester zu imitieren, doch Stille herrschte. Nil wusste was passiert war. Nachdem ganzen Caroline seiner Mum zu verheimlichen was geschehen war gestern. Wie sie ihre Mum ablenkten gestern Abend und heute morgen beim Frühstück.

„Wo ist Romy?", fragte Caroline.

„Mum, Romy geht es nicht gut und liegt im Bett.", gab Julia zu Antwort.

„Oh plagt sie wieder das Schwindlig sein."

Julia, Nil und Granny nickten.

„Dann werde ich mal nach ihr sehn."

„Nein!", riefen alle.

„Wieso nicht?"

„Der Arzt hat gesagt, sie braucht ganz viel Ruhe.", log Granny.

Vor Caroline die Wahrheit sagen wäre nicht gut, da sie immer noch eifersüchtig auf Sophie ist. Granny hatte Sam kurz vor 6 aus dem Haus geworfen wegen Caroline, da diese eine viertel Stunde später nach Hause kam. Sebastian und Beni haben 20 Minuten vor Acht dann noch geklingelt, doch Granny hat aus Sicherheitsmaßnahmen die beiden im Arbeitszimmer versteckt, ohne dass es Caroline merkte. Heute morgen, als Caroline weg war kamen die beiden aus ihrem Versteck heraus. Sebastian und Beni hatten auf dem Sofa geschlafen, als sie Caroline hörten räumten sie schnell alles zusammen. Keine 20 Minuten später kam ihr Dad Sam und brachte Julia und Nil in die Schule, dass sie Schutz haben. Nur heute Mittag mussten sie allein nach Haus. Julia öffnete mit traurigem Blick die Eingangstür. Nil folgte ihr hinein. Langsam zogen sie die Jacke und die Schuhe ab. Zufälligerweise kamen die beiden am Wohnzimmer vorbei.

„Hallo Julia. Du weißt doch sicherlich, wo die Ringe sind?", begrüßte sie eine Frauenstimme.

Erschrocken schaute Julia ins Wohnzimmer.

„Romy, ich dachte du wärst entführt wurden."

„Julia, ich bin Tina."

„Ach ja stimmt. Du bist Romys Double. Für was braucht ihr die Ringe?"

Pia gab zur Antwort:

„Ich hab Romy getroffen beim Reisen und sie hat
gesagt wir sollen die Ringe zusammen tun."

Sam saß still da und nickte.

„Das heißt Louise Maries jahrelange Arbeit soll
vollendet werden. Kommt mit. Ich zeig euch, wo sie
sind."

Granny , Pia, Beni, Sebastian, Nil, Sam und Tina folgten
ihr. Julia führte sie in Romys Zimmer. Unter dem Bett zog
Julia eine Kiste hervor.

„Das ist die Kiste, die ich Romy gab.", sprach Granny.

„Wir haben alle Ringe hier rein. Alle Ringe sind mit
einem Kleber und Namen versehn. Plus eine Genliste
in der richtigen Reihenfolge."

„Wann habt ihr das gemacht?", fragte Tina.

„Es half auch Sophie und war nicht immer einfach.
Letztes Jahr im Dezember nach der Hochzeit im
18.Jahrhundert haben Sophie, Romy und ich
angefangen. Nach Weihnachten hatten wir alle Ringe."

Julia öffnete die Kiste.

„Aber es fällt einer. Romys. Ohne den können wir
unmöglich es vollenden."

„Warte!"

Sam zog aus seiner Hosentasche den Ring.

„Hier."

„Jetzt sind sie komplett."

„Bevor wir das Ganze machen würde ich vorschlagen
essen wir erstmal. Ich brauch unbedingt ein Glas Gin.
Sonst macht das mein Herz nicht mit."

„ Manoman seit heut am Morgen haut die sich einen
Gin nach dem anderen rein. Julia ist das Grannys
Beruhigungsmittel?", fragte Sebastian flüsternd.

Julia nickte und folgten Grandma Charlotte in die Küche, die auf dem Weg dorthin bleich wurde.

Mein Gen verhalf uns zu Essen und Wärme. Die Decken die ich aus dem Jahr 1958 mitgebracht hatte, waren flauschig und warm. Das Essen und Trinken sowie eine Schmerzcreme für Sophie besorgte ich uns aus dem Jahr 2014. Ich schmierte Sophies Oberarm mit der Creme sanft ein.

„Geht's."

„Ja."

Man sah total die Fingerabdrücke.

„Magst du Toast oder Brot?"

„Romy, Danke. Aber mir ist nicht nach Essen zu Mute."

„Wieso?"

„Weil ich…", fing Sophie an und brach in Tränen aus. Sofort tröstete ich sie.

„Hey. Es wird alles wieder gut. Wir kommen hier raus. Außerdem bin ich ein Talent im Überleben."

Sophie lächelte jetzt.

„Ja. Aber was ist, wenn es diesmal schief geht und wir beide sterben?", schluchzte Sophie.

„Soweit kommt es nicht. Alle werden versuchen uns zu befreien."

„Außer Caroline natürlich."

„Jep. Die Frage ist, ob sie es überhaupt weiß. Ich kenn Granny, Julia und Nil."

Stille durchströmte den Raum und das Essen war mir auch vergangen. Die Kälte durchzog mich und ich zitterte wieder trotz der warmen Decke. Sophie fror es auch. Ihre

Augen starrten an die Wand. Eine Träne rollte ihr über die Wange.

„Romy, ich muss dir etwas sagen."

Beendete Sophie die Stille.

„Sag."

Sophie wollte ansetzen zu reden, aber das Quietschen der Tür unterbrach sie. Schnell versteckte ich das Essen, Trinken und die Decken hinter meinem Rücken. Das Stapfen und Knistern der Schritte kam näher. Mein Herz schlug schneller und schneller. Ich hatte Angst, dass jetzt etwas passieren würde. Sophie atmete auch schneller.

Zur selben Zeit aßen alle das Mittagessen, das Charlotte Canberra zubereitet hatte. Pia überlegte, dann fiel ihr etwas ein.

„Wir wissen ja gar nicht wie die Ringe richtig zusammen gehören, obwohl Romy und ich bei Hannah waren."

„Dad, weißt du es?", fragte Julia.

„Nein. Der einzige der es wüsste wär Fritz Canberra."

Genau in dem Moment fiel Charlotte vom Stuhl und wurde ohnmächtig.

„Mrs Canberra.", rief Pia.

„Granny."

Alle ließen ihr Besteck fallen.

„Mrs Canberra können Sie mich hören?", fragte Tina.

Doch keine Reaktion erfolgte.

„Vielleicht ist es besser, wenn wir sie in ihr Zimmer bringen.", sprach Sam.

Alle nickten.

Sam hob Charlotte auf und trug sie in ihr Zimmer. Nach wenigen Minuten kam er zurück.

„Wenn es ihr nach dem Erwachen nicht besser gehen sollte müssen wir einen Arzt rufen."

„Na toll. Wie sollen Nil und ich jetzt Mum ablenken, wenn Granny jetzt auch noch fehlt?"

„Ich hätte eine Idee."

„Und welche Tina?"

„Ich seh aus wie Romy dadurch wird keiner Verdacht schöpfen, dass Romy mit Sophie entführt wurde."

„Du meinst, du willst hier bleiben."

„Genau."

„Das ist eine gute Idee. So merkt Caroline nichts.", sagte Sam.

„Was ist nun mit Grandpa?", fragte Julia.

„Das übernehmen am besten Tina und Pia, da sie das Gen haben. Im Jahr 2011.", gab Sam zur Antwort.

„Mir fällt gerade etwas ein. Bei einem Besuch im 18. Jahrhundert gab Lady Church uns eine Kiste, die Hilfreich sein soll.", redete Pia.

„Dann werden Julia und Nil dies übernehmen. Sebastian und Beni ihr sucht ganz Wales nach Wäldern, Punker etc ab."

„Und du?"

„Ich werde nach Grandma sehn."

„Das können wir machen, Dad. Nil und ich können auf Granny aufpassen."

„Es ist besser, wenn ich da bleibe wegen dem Erpresser."

„Der steht im Übrigen nicht mehr auf der anderen Seite seit Romy entführt wurde."

„Wenn er jetzt nicht mehr da ist, ist er bei den beiden.

Pia und ich gehen zu Fritz. Wann kommt eigentlich
Caroline?"

„So um halb sechs.", gab Julia zu Antwort.

„Also dann springen wir jetzt. So um 15 Uhr sollten wir
wieder zurück sein. Nachdem kannst du dem Erpresser
schreiben, dass du ihm alles überbringst und wir
befreien Romy und Sophie bei der Übergabe."

„Das ist ein guter Plan.", rief Sam und es fiel ihm ein
Stein vom Herzen.

„Fangen wir an."

Alle verließen die Küche.

Im Jahr 2011 landeten Tina und Pia im Flur des Hauses
der Canberras.

„Also was müssen wir tun?", fragte Tina.

„Romy hat mir immer gesagt die Tasse mit dem Tee
trinkt er."

„Dies soll er nicht tun. So haben wir Hilfe in der
Zukunft."

„Du bist clever."

Beide schlichen zum Arbeitszimmer. Nur Fritz Canberra
war darin.

„Guten Tag Mr Canberra!", begrüßte Tina ihn.

Fritz sah zu den beiden.

„Hallo Romy!"

„Nein. Hier sind Tina und Pia."

„Tina?"

„Ja."

„Du lebst."

„Keine Zeit für eine Erkärung. Wir brauchen dich in der
Zukunft. Romy und Sophie wurden entführt. Die Ringe
sollen zusammengesteckt werden, aber wir wissen

nicht ob wir es richtig machen."

„Das ist schrecklich"

„Du musst jetzt auf uns hören."

Fritz nickte.

„Ein Mann wird kommen. Er wird in deinen Tee etwas rein tun was für dich tödlich ist."

„Schon klar. Es ist Mr Sydney."

„Sydney?", fragte Pia.

„Ja."

Genau jetzt klingelte es an der Tür.

„Da ist er schon. Versteckt euch am besten hier."

„Hier?"

Fritz nickte.

Hinter dem Vorhang, der bis zum Boden reichte und dunkelblau war sollte das Versteck sein. Fritz Canberra war schon zur Tür gegangen.

„Einer sollte von uns unter den Tisch damit es nicht auffällt."

„Gut dann geh ich.", sagte Pia.

Schnell versteckten sich die beiden. Wenige Minuten später kam Fritz mit Mr Sydney.

„Setzten Sie sich."

Mr Sydney setzte sich auf den Stuhl. Tina hatte den Vorhang so gemacht, dass sie alles sehen konnte, aber man sie nicht sah.

„Wie stehts Mr Canberra mit dem Geschäft?", fragte Mr Sydney.

„Ich habe Ihnen gesagt, ich brauche noch Bedenkzeit.", gab Fritz zu Antwort.

„Sie hatten genug Zeit. Was ist Ihre Antwort?", entgegene Mr Sydeny aufgebracht.

„Ich bleibe bei meiner Antwort und ich verkaufe meine

Pläne nicht.", sprach Fritz und drehte sich ans Fenster.
Fritz deutete etwas mit den Augen Tina. Tina nickte. So
wusste Fritz, dass Mr Sydney gerade das Gift in seinen Tee
tat. Fritz drehte sich wieder um.

„Bevor ich Ihnen eine Antwort gebe, wollen Sie eine
Tasse Tee?"

„Gern."

Fritz Canberra goss Mr Sydney Tee in die Tasse und gab
sie ihm. Fritz tat so als würde er einen Schluck nehmen.
Danach stellte er einen Hustenanfall.

„Und wie stehts, Mr Canberra?"

Fritz ließ sich auf den Boden plumpsen und stellte sich
tot. Mr Sydney lachte.

„Nun ist der Zeitreisende ausgelöscht. Das nächste
Opfer ist Ihre Enkelin.", sprach er und lief aus dem
Arbeitszimmer.

Mr Sydney sah sich noch einmal um dann ging er ganz.
Tina und Pia kamen aus ihrem Versteck hervor.

„Mr Canberra", sagte Tina.

Fritz lächelte und öffnete die Augen.

„Der hat wohl wirklich geglaubt, dass er mich um die
Ecke bringen kann."

Tina und Pia halfen Fritz beim Aufstehen.

„Danke.Was kann ich für euch tun?"

Der Ring an Pias Hand begann zu blinken.

„Sie sollen am 4.März 2015 um 15 Uhr hier sein. Bis
dahin verstecken sie sich woanders."

„Schreib ich mir gerade auf. Ihr müsst gehen."

„Ja."

Pia drückte auf den Ring.

„Tschüss."

Pia und Tina verschwanden mit einem rosanen Strahl.

„Julia, was ist in der Kiste?", fragte Nil.

Julia öffnete die Kiste. In der Kiste waren ein Zettel und ein Buch. Ein ziemlich altes. Auf dem Zettel standen Zahlen.

„Koordinaten."

„Was?"

„Ja "

Julia nahm ihr Handy und gab die Korrdinaten ein.

„Die Zahlen treffen genau auf unser Haus. Der Rest sind…"

„Seitenzahlen."

Julia blätterte das Buch durch.

„In diesem Buch ist alles erklärt über die Ringe und Zeichnungen dazu."

„Wo führen die Korrdinaten hin?"

„Es gibt einen Ring, wo alle Ringe drauf gehören."

„Wo ist der?"

„Nil, ich weiß wo. Komm mit."

Nil folgte Julia. Bei der Uhr holte Julia einen Schlüssel raus und bei der Tür neben Grannys Zimmer schloss Julia die Tür mit dem Schlüssel auf.

„Wir müssen leise sein."

Nil nickte. In dem Zimmer suchten sie nach dem Ring. Julia am Regal und Nil beim Klavier.

„Hier, Julia."

Julia kam zu Nil. Hinten an dem Bild, wo Grandma und Grandpa drauf sind war der große Ring.

„Cleveres Versteck." , flüsterte Julia.

Vorsichtig lösten sie den Ring.

„So jetzt zurück ins Wohnzimmer."

Leise verließen die beiden den Raum.

Mit dem Handy suchten Sebastian und Beni nach Wäldern, Punker etc.

„In ganz Wales gibt es so viel Wälder. Da können wir lange suchen bis wir Mum und Romy gefunden haben."

„Ich weiß, Sebastian."

„Es muss noch einen Hinweis geben."

„In ganz Wales danach zu suchen ist zu wenig. Ganz Großbritanien wäre besser."

„Du hast recht. Der Erpresser kann nicht in hier im Umkreis sie gefangen halten. Also erweitern wir unsere Suche."

Alle Orte schrieben die beiden auf das Papier.

„Das müsste reichen. Dann warten wir auf den anderen."

Sebastian und Beni lehnten sich auf dem Sofa zurück.

Charlotte lag im Bett und sah den Arzt an, wie er sie untersuchte.

„Mrs Canberra, Sie müssen sich ausruhen. Die Umstände tun Ihrem Herzen nicht gut. Ich verschreib Ihnen ein Beruhgungsmittel. Dies nehmen Sie morgens, mittags und abends."

„Danke, Mr Paddigton."

Charlotte schloss die Augen. Mr Paddigton packte seine Sachen zusammen. Sam stand an der Tür und wartete geduldig.

„Auf Wiedersehn, Mrs Canberra. Eine gute Besserung wünsch ich.", sprach der Arzt und wandte sich zu Sam.

„Mr Anderson."

„Ja, Mr Paddigton."

Sie verließen das Zimmer. „Versuchen Sie Mrs Canberra zu verschonen von allem."

„Werd ich machen."

„Werde in zwei Tagen nochmals vorbeikommen und nach Mrs Canberra sehn."

Bei der Haustür gab Mr Paddigton Sam das Berühgingasmittel.

„Hier. Nun wünsch ich Ihnen noch einen schönen Tag."

„Danke. Wünsch ich Ihnen auch.", sprach Sam und öffnete die Tür sowie verschloss sie wieder als Mr Paddigton das Haus verließ.

Mit schwerem Herzen lief Sam ins Wohnzimmer und mit den Gedanken bei Sophie und Romy.

Kapitel 13
Der raffinierte Plan

Die Schritte kamen näher und der Mann stand vor Sophie und mir. Die Decken, die Creme, sowie das Essen hatte ich hinter uns beiden. Wie der Mann höhnisch lachte.

„Sam hat sich für Sophie entschieden. Das Leben seiner Tochter ist ihm unwichtig."

Sophie atmete schneller.

„Nein, das hat er nicht," sprach sie schlussendlich.

„Doch. Er wird mir am Mittwoch die Ringe, sowie die Dokumente bringen."

Sophie schluchzte und ich wußte, daß der Mann log.

„So nun friert hier noch schön," sprach er und verschwand wieder nach Draußen.

Von seiner grusligen Lache lief mir ein kalter Schauer über den Rücken. Sophie vergrub ihr Gesicht in den Händen und heulte. Ich tröstete Sophie.

„Sam ist nicht so dumm, denn durch Pia, Julia, Nil und Granny wird es anders als er denkt."

„Wirklich?", schluchzte Sophie und sah mich an.

Ich nickte.

„Wie spät ist es?"

Sophie sah auf die Uhr.

„17.20."

„Gut. So kann ich jetzt herausfinden, wo wir sind."

„Pass aber auf dich auf."

„Keine Ahnung. Ich hab halt."

„Oh."

Schnell gab ich ihr die Decke.

„Danke. Ich pass solange auf hier."

„Du bist die Beste," sprach ich und umarmte sie.

Nun lächelte Sophie und ich versuchte mich zu konzentrieren, indem ich die Augen zumachte. In Gedanken sprach ich den 3. März 2015 am Mittag. Nach einer Weile verschwand ich mit einem rosanen Strahl.

Beim Abendessen saßen Tina, Julia, Nil und Caroline. Außer Charlotte, da sie strenge Bettruhe hat.

„Es freut mich, daß es dir besser geht, Romy," sprach Caroline.

„Ja. Freut mich auch. Aber dafür hat es jetzt Granny erwischt," gab Tina darauf und biss von ihrem Butterbrot ab.

„Ja."

Bloß gut merkt Caroline nicht von dem Ganzen. Wo eigentlich Romy ist und so. Ihr fiel nicht einmal auf, dass statt Romy Tina am Tisch sitzt. Julia und Nil waren nur ruhig. Die beiden hatten am nachmittag das Buch, sowie den großen Ring ins Wohnzimmer gebracht. Punkt 15 Uhr klingelte es und Fritz Canbarra kam. Im Wohnzimmer waren Sam, Beni, Sebastian, Pia und Tina .Fritz mußte erst mal das Buch durchblättern. Es dauerte bis er sagte:

„Zuerst müssen wir den Ring von dem Gen das 1726 geboren wurde hier in das vorgegebene eingeritzte 1726 hineintun."

Tina durchsuchte die Kiste. Pia las die Liste vor.

„Das wäre Louise Marie von Preußen."

Tina holte den Ring mit weißem Stein hervor.

„Hier."

Fritz machte den Ring auf und tat den Ring zum geritzten 1726.

„Das könnte noch länger dauern," flüsterte Beni zu

Sebastian.

Er nickte blos.

Bis um 17 Uhr hatten sie es bis zu Anne Canberra geschafft. Danach mussten Beni, Sebastian, Sam, Pia und
Fritz das Haus verlassen. Tina verräumte alles in Romys
Zimmer. Nachdem Tina Ihr Brot fertiggegessen, verliess
sie die Küche. In Romys Zimmerfing sie an das Buch zu
lesen.

Sam rührte sein Abendessen nicht an. In Gedanken war er
nur bei Sophie und Romy. Er machte sich Sorgen um die
beiden.

„Geht es dir gut Sam?", fragte Nina Bill seine
Haushälterin.

„Nein, schlimme Dinge plagen mich."

„Verstehe. Deswegen isst du nicht."

Nina wagte nicht nachzufragen. Sam fing an zu heulen.

„Im Übrigen, heute hat ein gewisser Mr. Shardon
angerufen."

„Was wollte er?"

„Dass du in zwei Wochen nach Amerika kommen
sollst."

„Nina, hast du ihm gesagt, daß ich nicht nach Amerika
gehen werde."

„Ja, aber Mr. Shardon wollte nicht darauf eingehen."

„Na toll. Bleibt mir nichts erspart. Brain hat es gut
gemeint mit Mr. Shardon, aber ich bleibe bei meiner
Familie in Wales. Mein Entschluß steht fest."

„Versteh dich sehr gut, Sam. Ich würde bei diesen
Bedingungen auch nicht die Familie im Stich lassen."

„Danke, Nina. Es tut mir leid, daß ich keinen Appetit

habe auf Speck mit Rührei."

„Kein Problem."

Sam stand auf und ließ Nina allein im Esszimmer zurück.
Auf dem Weg in sein Büro fing sein Herzschmerz wieder
an. Er hat Sophie schon einmal verloren. Ein zweites Mal
wird er es nicht zulassen, auch nicht seine Kinder. Im Büro
hockte Sam sich auf den Stuhl und nahm sein Handy hervor. Dann machte er das Video wieder auf und legte es auf
seinen Schreibtisch.

„Wie grob der Typ zu Sophie war. Dies werde ich mir
nicht länger mit ansehen." ‚dachte Sam.

„Ich muß etwas unternehmen. Nun tue ich es für
Sophie und Romy, daß sie wieder frei kommen
lebendig."

Sam nahm das Telefon, das fix auf dem Schreibtisch war.
Er wählte die Nummer der Polizei.

„Guten Abend, Mr Stone am Apperat."

„Hier ist Mr Anderson."

„Guten Abend Mr Anderson. Was kann ich für Sie
tun?"

„Ich wollte eine Entführung bekannt geben."

„Eine Entführung. Wer wurde entführt?"

„Sophie Self und Romana Canberra."

„Sophie Self und Romana Canberra. So. Wann ist es
denn passiert?"

„Am 3. März um die Mittagszeit zwischen 12 und 13
Uhr. Denn ich kam so 10 Minuten nach 1."

„3.März zwischen 12 und 13 Uhr. Wo ist es passiert?"

„In der Nähe von der Downstreet gegenüber von
Jimmys Lollypop ist eine kleine Wohnung."

„In der Sunstreet?"

„Genau."

„Welche Nummer?"

„8."

„Sunstreet 8. Was ist genau passiert?"

„Also Sophie, Romana und ich trafen uns jeden Tag nachdem Romana mit der Schule fertig war. Wir übten da viele Dinge mit Romana, da Romana eine besondere Fähigkeit hat. Als ich am Mittwoch kam waren die beiden nicht in der Wohnung. Ich fand nur einen Ohrring sowie einen Ring."

„Darf ich fragen wer Romana und Sophie sind?"

„Romana ist meine Tochter und Sophie meine Partnerin."

„Sie sagten Canberra?"

„Ja"

„Ist Romana Canberra die Enkelin von Charlotte Canberra?"

„Ja, Sir."

„Romana Canberra wurde schon einmal angegriffen. Letztes Jahr im Dezember mit einem Lucas Matterl."

„Das stimmt."

„So versucht der Täter wieder zuzuschlagen. Wurden Sie schon erpresst?"

„Ja. Mit einem Video. Nächste Woche Mittwoch um 16 Uhr soll die Übergabe sein."

„So fordert der Täter Lösegeld?"

„Nein. Er möchte Dokumente der Canberras."

„Eigenartig. Sowie bei Mr Canberra."

„Deswegen wollt ich fragen, ob ich Polizeischutz hätte für diesen Tag."

„Wir können Polizisten mitschicken. Dies ist immer gefährlich. Wo genau wäre die Übergabe?"

„An einem Waldstück in Beddau."

„Ich weiß, wo das ist, Mr Anderson. Gibt es sonst noch etwas?"

„Nein. Das war alles."

„Vielen Dank für Ihren Anruf. Wir werden uns darum kümmern. Auf Wiederhören."

„Auf Wiederhören.", sprach Sam und legte den Hörer auf das Telefon.

„Hoffe nur, dass alles klappt.", dachte Sam.

Dann lehnte er sich zurück.

Sanft landete ich neben Sophie auf der Decke. Sophie starrte in die Dunkelheit. Der kleine Lichteinfall spendete etwas Helligkeit im Raum, so dass ich sie sehen konnte. Sie wirkte genauso verängstigt wie ich. Nach den Sachen, wo wir beide jetzt durch machen wunderte es mich nicht. Langsam versuchte ich zu reden:

„Hallo Sophie! Alles in Ordnung?"

Ich riss sie aus ihren Gedanken.

„Ja sicher. Du warst lange fort."

„Es war sehr schwierig dem Typen zu folgen, deswegen hat es länger gedauert."

„Und was hast du raus gefunden?"

„Weiß zwar immer noch nicht, wo wir sind, aber eins kann ich dir sagen. Wald und Wiese."

„Na Bravo. Wie sollen wir nun hier raus kommen?"

„Sophie zerbrech dir hier rüber nicht den Kopf. Julia, Nil, Pia, Granny und Sam lassen sich etwas einfallen."

Tina wollte ich nicht erwähnen, da keiner wusste, dass sie lebte.

„Außerdem gibt Sam alles dafür, dass er seine Liebe retten kann, denn nochmal will er dich nicht verlieren."

Sophie nickte.

„Da hast du recht. Seine Kinder liebt er auch. Nur ich hab es ihm verwehrt seine Kinder zu sehn, da er mit…"

„Caroline, meiner Mum verheiratet war. Ich weiß bis heute noch nicht, wieso er sie heiratet anstatt die Frau, die er liebt."

„Er tat es aus Liebe zu dir, weil er wusste, dass du das Gen hast."

„Genauso wie er es für Julia und Nil tat."

„Ja, aber Nil ist nicht sein Sohn. Caroline hat es nur so angegeben."

„Wirklich?"

Sophie nickte.

„Ich hab mich das eigentlich schon die ganze Zeit gefragt, da Nil viel später geboren wurde und Sam einige Monate nach Julias Geburt ging. Wieso heiratest du einen Mr Self?"

„Ich hab gedacht, dass ich diesen Rayn lieben würde, aber nach fünf Jahren gab es die Scheidung, da ich Sam gesehn hatte. Dadurch wurden die Gefühle für Sam wieder stark."

„Oh je. Ihr habt gestritten etc. Du brauchst mir nichts mehr erklären. Nun versteh ich es. Es tut mir leid wegen dem ganzen was ich dir…"

„Schon gut. Du konntest nicht alles wissen. Als ich dich vor einigen Jahren kennen lernte wusste ich, dass du Sam´s Tochter bist. Vor Caroline musste ich mich immer zusammen reissen, wegen dem Streit. Ich hatte sie erkannt. Nachdem Unfall wusste ich nicht mal mehr wer ich bin. Sebastian hat mich dazu gebracht, da er raus gefunden hatte wer sein Dad ist. Kurz darauf nachdem Unfall hat er mich zu dir gebracht, weil er wusste, dass du mir helfen kannst. Da war ich stolz auf dich, dass du dich für mich in Gefahr begeben hast."

„Hab ich gern gemacht."

„Das ist mein…"

Sophie kniff die Lippen zusammen. Moment genauso wie Sam. Was wird mir hier noch verheimlicht?

„… meine Nichte. Kommen hier wir lebend raus?"

„Ja, Sophie."

„So glaub ich dir."

Versteh es immer noch nicht. Was wissen alle wovon ich noch nichts weiß. Ich fing an zu gähnen.

„Es ist Zeit zu schlafen. Wir brauchen Kräfte."

„Ok, Sophie."

Nun legte ich den Kopf auf Sophie's Schulter und schloss die Augen.

„Guten Morgen Romy! Bist du wieder gesund?", begrüßte Prisella Tina.

„Guten Morgen Prisella! Nach den schrecklichen Bauchschmerzen.", log Tina.

In den Look von Romy zu kommen, muss sich Tina noch gewöhnen.

„Oh!"

Prisella machte ein mitleidiges Gesicht. Pia musste sich das Lachen verkneiffen, wenn sie wüsste was gerade die Canberras durch Machen, würde sie nicht mehr so gucken. Tina schloss die Tür des Spinds und gähnte.

„Müde?", fragte Prisella.

Tina nickte.

Ja das Buch hat sie zu Ende gelesen. Da wurde es spät. 2 Uhr morgens. Um 6 Uhr ging der Wecker. Tina sah in den Gang. Zwei Mädchen liefen da.

„Wer ist denn die Schreckbürste?"

„Romy das ist Violetta.", gab Pia zur Antwort.

„Ach so. Sorry."

Violetta kam auf die drei zu.

„Guten Morgen!", sprach Violetta und holte aus ihrem Spind ihre Sachen.

„Guten Morgen!", riefen die drei.

Diana stand nur da und sah die drei mit großen Augen an.

„Sag mal machst du immer so ein beklopptes Gesicht?", fragte Tina Diana.

„Ne,", gab Diana darauf.

„So wir können ins Klassenzimmer, Diana."

Violetta schnippte mit ihren Fingern an Dianas Gesicht.

„Hä was? Ja sicher."

Diana hatte total Tina fixiert und verstand nichts mehr.

„Die lassen wir jetzt in Ruh."

Violetta zog Diana weg und zwinkerte Pia, Tina und Prisella zu. Tina runzelte die Stirn, als die beiden weg waren.

„Noch pinker geht's gar nicht."

„Ja, das ist Violetta."

Pia dachte: „Hätte ich nur Tina auf alles eingeweiht. Egal jetzt."

„Kommt Prisella und Romy. Wir sollten ins Klassenzimmer."

Tina und Prsiella nickten. Langsam liefen sie zum Klassenzimmer. Prisella lief vor ihnen. Tina flüsterte:

„Sag mal ist Prisella immer so."

„Nein. Tu mir ein gefallen. Hör auf mit deinen Sprüchen sonst fällt es noch auf."

„Ist gut."

Im Klassenzimmer setzte sich Tina natürlich auf Romys Platz. Als Mrs Pruse kam und ihren Unterricht machte dachte Tina:

„Oh Gott. Romy du tust mir leid. Hoffentlich können wir Sophie und dich bald befreien."

Die nächsten Tage waren schwer für alle. Tina musste sich immer Ausreden einfallen lassen bei Caroline was mit Granny los sei. Charlotte bekam immer wieder Albträume und Visionen und weckte meistens mit ihrem Schrei Julia, Nil und Tina. Caroline schlief wie immer wie ein Stein. Julia und Tina sorgten sich um Charlotte. Mit einem kalten Tuch wischte Tina über Charlotte Stirn, die voller Schweiß war. Charlotte sah in ihrem weißen Pyjama sehr ungewohnt aus.

„Rettet Romy und Sophie.", bat sie immer wieder.

„Das werden wir.", gab Tina immer darauf.

In der Schule wurde es auch nicht einfach. Dafür erfuhren Tina und Pia etwas von Violetta am Montag.

„Psst. Kommt schnell.", lockte Violetta sie auf die Mädchentoilette. Die beiden folgten ihr.

„Was ist los, Violetta?", fragte Pia.

„Also. Du bist nicht Romy, sondern Tina."

„Ja woher weißt du es?"

„Ich weiß, wo Romy ist."

Tina und Pia sahen sich gegenseitig mit großen Augen an.

„Sag schon. Wo?"

„In einem Waldstück von Beddau."

„Moment da soll sich doch Sam mit dem Erpresser treffen."

„Genau da in der Nähe ist ein Holzhaus und dort ist

Romy gefangen."

„Danke, Violetta. Damit hast du uns sehr geholfen.",
sagte Pia.

„Schon gut. Tu es gern. Ich muss zu Diana. Sie wartet
auf mich."

„Ist gut."

Am Dienstag trafen sich Beni, Seabstian, Sam, Tina, Pia
und Julia über den Mittag bei den Canberras im Wohnzimmer. Natürlich ohne Caroline.

„Also wir haben Neuigkeiten."

„Ich auch.", rief Sam., „Fangt ihr an."

„Violetta hat uns gesagt, wo Sophie und Romy sind.
Genau da wo du dich mit dem Erpresser triffst. In
einem Holzhaus."

Sam faltete seine Hände.

„Wir haben Polizeilichen Schutz."

Alle sahen ihn fragend an. Benis Blicke wanderten zwischen Pia und Sam hin und her und überlegte. Stille kehrte
ein bis Tina sagte: „Wir sollten die Ringe noch auf den
größeren Ring tun."

Julia schoss sofort hoch.

„Ich hol sie ."

Schon war sie aus dem Wohnzimmer gelaufen.

„Ich habs.", jauchzte Beni und schnippste mit seiner
Hand.

„Was?", fragten alle.

„Einen Plan."

„Und der wäre?", seuftzte Sam.

„Du triffst dich mit dem Erspresser, während dessen
befreien wir Mum und Romy."

Mit großen Augen sah ihn Tina an.

„Das ist ein perfekter Plan, Bruderherz. Wer ist dabei?"
Tina, Beni und Sebastian stimmten zu. Nur Pia und
Sam nicht.

„Was ist mit dir Pia?"

„Ich kann leider nicht, da meine Mum und ich zu Jane,
meiner Granny fahren, da sie Hilfe braucht beim
Vorbereiten für ein Fest."

„Ok. Und mit dir?"

Sebastian riss Sam aus seinen Gedanken.

„Ja, klar. Aber seid vorsichtig."

„Hab ich ihn gerade aus den Gedanken bei Mum
gerissen.", dachte Sebastian.

„Bei was vorsichtig sein?"

„Ach Julia. Es wäre besser, wenn du bei Granny bleibst
morgen Nachmittag."

„Wirklich, Dad?"Sam nickte.

„Na gut. Dann machen wir das so."

Julia hob die Kiste und den Ring hin.

„Los. Bevor wir verlieren.", riefen Tina und Pia und sie
standen auf nahmen die Kiste, den Ring und setzten
sich auf den Boden.

Nur das Buch hielt Julia in der Hand. Sie fingen an. Beni
spielte mit seinem Handy, Sebastian las die Zeitschrift, die
auf dem kleinen Tisch lag und Sam sah aus dem Fenster.
In Gedanken bei Sophie und Romy. Er machte sich immer
noch mehr Vorwürfe wegen dem.

„Bitte halltet durch. Sophie und meine Kinder sind
mein Heiligtum. Niemand darf meiner Familie etwas
antun. Wer es versucht bekommt es mit mir zu tun.",
dachte Sam.

„Es fehlt nur noch Romy.", jubelte Julia.

„Jetzt möchte ich wissen was passiert?", redete Beni und sprang mit Sebastian auf.

„Nun mach schon.", bettelte Sebastian.

Tina sah Sam an. Sam lächelte sie an.

„Mach."

Tina steckte den Ring von Romy zu ihrem Ring. Die Ringe leuchteten auf und verblassten dann wieder.

„Das wars."

„Wahrscheinlich.", gab Pia auf Benis Kommentar.

„Wartet. Hier steht, dass eine Macht in einem ausgelöst wird und die etwas undenkbares ist."

„Danke Julia."

„Spürt ihr was?" Tina und Pia schüttelten den Kopf.

Beni schimpfte drauf los: „Für den Quatsch haben wir uns geopfert."

„Beni warte auf morgen. Du wirst sehen was geschehen wird.", beruhigte ihn Sam.

„Na gut.", regte Beni sich ab.

„Was machen wir nun?"

„Alles noch besprechen für morgen.", gab Tina den Vorschlag.

„Aber nicht zu lange, wir müssen noch in die Schule."

„Sonnenklar.", kicherte Tina.

Kapitel 14
Der letzte Kampf

„Wie sollen wir hier raus kommen?", fragte Sophie mich.

Ich sah auf ihre Uhr, da ich zuerst aufgewacht war. 8 Uhr. Normalerweise bin ich um diese Zeit schon in der Schule. Mir fehlten meine beiden Freundinnen sowie meine Familie außer Mum natürlich.

„Weiß nicht.", gab ich zur Antwort.

„Oh nein! Wie…"

Das Quietschen der Tür unterbrach Sophie. Laute Schritte waren zu Hören. Mir stockte der Atem.

„Guten Morgen ihr zwei Hübschen.", sagte eine bedrohende Männerstimme.

Es ist wieder der Typ, der uns logischerweise hier gefangen hält. Sophie und ich sahen uns gegenseitig an.

„So nun ist der Tag gekommen an dem die Canberras vernichtet werden."

Er lachte höhnisch. Mir lief es wieder kalt den Rücken runter, da ich Angst hatte, aber irgendwie auch nicht, denn ich wehrte mich mit diesen Worte:

„Ah ja. Wer sagt das?"

„Ich."

„Das ich nicht lache."

„Oh, doch ihr werdet vernichtet."

Ich schüttelte den Kopf und dachte:

„Wir sind cleverer, als du denkst."

„Ich gehe jetzt. Dann noch viel Spaß. Mir wird es ein großes Vergnügen sein euch dabei zuzusehn wie ihr untergeht."

Ich machte einen giftigen Blick und er verschwand.

„Komm.", flüsterte ich Sophie zu.

Sophie stand mit mir auf. Bei der Tür blieben wir stehn. Ich rüttelte daran.

„Mist. Abgeschlossen. Hast du eine Haarnadel?"

„Nein- Warte!"

Sophie nahm aus ihrem Ohr den Ohrring.

„Danke!"

Ich versuchte die Tür aufzuschließen.

„Es kann sich nur um Stunden handeln bis wir hier raus kommen.", dachte ich.

Sam lief nervös im Wohnzimmer hin und her. Nina kam herein.

„Sam wobei kann ich Ihnen noch helfen?"

„Bei nichts. Außer Warten bis die Zeit vergeht und ich Sophie und Romana lebendig wieder sehen kann."

„Ich versteh, dass du traurig bist, aber du solltest dich nicht zu sehr reinsteigern. Romana ist ein kluges Mädchen."

„Das weiß ich selbst."

Das Läuten des Telefons unterbrach das Gespräch.

„Ich geh mal hin."

Sam nickte und Nina verließ das Wohnzimmer. Während sie telefonierte lehnte er sich ans Fenster und sah hinaus. Immer kreisten seine Gedanken bei seiner Geliebten Sophie und seiner Tochter Romana. Heute seh ich sie wieder. Jetzt wurde er stark in sich. Keiner nimmt mir meine Familie weg.

„Sam."

„Emmh. Ja."

Nina riss ihn aus seinen Gedanken und er drehte sich um.

„Brain ist am Telefon und er möchte dich sprechen."

Sam holte Luft.

„Na Gut."

„Also ich reiche Sie weiter."

Nina gab Sam den Hörer.

„Hallo Brain."

„Hallo Sam! Meine Güte was ist mit dir los? Wieso kommst du nicht nach New York?"

„Brain, es ist so viel geschehen. Meine geliebte Frau und meine Tochter wurden entführt."

„Deine geliebte Frau? Seit wann hast du Frau und Tochter?"

„Keine Zeit für eine Erklärung."

„Ich dachte, du wolltest mit Wales abschließen."

„Ja, aber währendem ich abwesend war haben meine Kinder mir einen Strich durch die Rechnung gemacht."

„Wieso das? Sam was weiß ich über dein Privatleben nicht?"

„Vieles."

„Erzähl es mir."

„Also gut."

Nina lächelte und verließ das Zimmer.

„Vor 26 Jahren habe ich eine Frau kennen gelernt. Sie hieß Sophie. Sie zog von London nach Church Village 1993 zu den Canberras."

„Ist das die Familie mit der du so viel Ärger hattest?"

„Ja. Ein Jahre später kam unser gemeinsames Kind zur Welt."

„Wow! Als was arbeitet Sophie?"

„Sie ist Lehrerin."

„Sophie unterrichtet sicherlich an der Porre School."

„Woher weißt du das?"

„Diese Schule ist bekannt, aber auch da ich geschäftlich schon einmal dort war. Kommen wir zurück zu Sophie. Sie konnte einfach bei den Canberras wohnen bleiben?"

„Ja. Charlotte und Fritz waren nicht so kompliziert wie Caroline."

„Caroline ist die Tochter der Canberras. Das ist die Caroline, die du geheiratet hast."

„Genau."

„Wieso hast du Caroline geheiratet, wenn du Sophie geliebt hast und glücklich warst?"

„Die Sache wird noch komplizierter. 1997 kommt noch ein Kind zur Welt. Das heißt ich hab zwei Söhne mit Sophie. Doch Caroline erfuhr dies, dass Sophie ein zweites Kind geboren hatte und ihre Eifersucht wuchs auf Sophie. Deswegen passierte es, dass ich mit Caroline im Bett war. Sie wurde schwanger."

„Nun kann ich mir den Rest selbst ausdenken. Sophie hat das rausgefunden. Ihr hattet Streit und sie verließ dich."

„Genau, doch keiner wusste, dass Sophie auch schwanger war."

„Von dir?"

„Ja."

„Sam, Sam. Was warst du für ein Mann?"

„Ich weiß, aber Carolines Kind wird tot geboren und Sophies lebte. Doch Sophies Kind wächst bei Caroline auf."

„Wurden die Kinder vertauscht?"

„Nein. Nachdem beide im selben Krankenhaus entbun
den hatten, sprach ich mit Sophie ohne, dass es Caroline
merkte. Sophie war damit einverstanden."

„Wieso bleibst du dann bei Caroline?"

„Nur wegen dem Kind, da die Canberras ein
Familiengeheimnis erben, das alle 16 Jahre
weitergegeben wird. 1998 war es der Fall."

„Okay. Wie hast du Sophie dann wieder getroffen?"

„Vor einem halben Jahr wegen Romy. Um es dir kurz
zu erklären, wie Sophie wieder zu den Canberras kam.
Sophie hatte einen Unfall und litt an Amensie, da
Sebastian raus gefunden hatte, dass ich sein Vater bin.
Sebastian brachte Sophie zu den Canberras. Romana
soll ihr helfen, da Sophie sich an Romy errinnern
konnte und Sophie Romana unterrichtet hatte in in der
Stadt."

„Also Sophie unterrichtet noch in der Stadt?"

„Ja. Durch Romy bekam Sophie wieder ihre
Erinnerungen, aber Romy fand raus, dass ich ihr Vater
bin. Caroline bekam das mit."

„Dann ging alles von vorne los."

„Nicht direkt. Caroline kam in die Psychatrie. Dort war
sie bis kurz vor Weihnachten. Das Jugendamt hat mich
angeschrieben, da Charlotte nicht berechtigt ist, weil ich
das Sorgerecht auch habe. Das wusste natürlich keiner."

„Wie viele Kinder hast du?"

„Insgesamt 5. Nil ist aber nicht von mir."

„Versteh. Drei hat Caroline."

„Stimmt."

„Dann will ich dich nicht länger aufhalten. Rette deine
Frau sowie…"

„Romana."

„Ja. Melde dich halt, wenn es vorbei ist."

„Mach ich Brain. Bye."

„Bye."

Sam legte das Telefon auf die Kommode bei der Tür. Er sah auf die Uhr. 9.40.

„Muss jetzt dann los? Tina, Julia und Nil kommen so halb eins nach Hause.", dachte Sam.

Noch einmal drehte er sich um und blickte zum Fenster.

„Sophie und Romy ich komme.", sprach er, dann verließ er das Wohnzimmer.

Tina lief durch den Gang der Schule. Die Angst durch zog sie innerlich. Heute Nachmittag wollen sie ja Sophie und Romy befreien.

„Was ist, wenn der Mann alle von uns umbringt?", kreiste die Frage durch ihren Kopf.

Sie dachte so sehr an Sophie, denn sie fühlt sich mit ihr verbunden. Eine Träne kullerte ihr über ihre zart rosanen Wangen.

„Wieso weinst du?", fragte Pia.

„Ich fühl mich sehr verbunden zu meiner Mum."

„Oh."

Pia und Prisella sahen sich gegenseitig an.

„Hast du Angst wegen heute Nachmittag?", fragte Pia.

„Ja."

„Ich hab auch Angst."

„Danke, Pia."

„Hallöchen Leute!"

Julia gesellte sich zu Ihnen.

„Was machst du hier?"

„Keine Zeit für eine Erklärung. Mum kommt um 13 Uhr nach Hause."

Alle drei hoben die Hand an den Kopf und riefen:

„Nein."

Das Prisella mitmachte wunderte alle, denn sie wusste von gar nichts oder ahnte sie was.

„Das heißt wir müssten, den Plan ändern. Das heißt eine Ausrede finden, wo Romy ist."

„Wie wärs, wenn ich bei euch bin, denn Mum schafft das mit Granny Jane auch allein."

„Ich komm auch."

„Im Ernst Prisella?"

„Ja."

„Ok. Prisella und Pia ihr seid bei Granny. Ihr bleibt bei ihr im Zimmer. Nil und ich lenken Mum ab. Romy du gehst von hier aus mit den anderen mit."

„Du hast immer gleich einen Plan B."

„Tja, Prisella. Ich bin cleverer. Seid ihr einverstanden?"

„Ja."

„Gut so. Muss wieder rüber bevor Mrs Blood merkt, dass ich nicht da bin."

Schon war Julia wieder fort. Tina machte große Augen.

„Gehen wir auch ins Klassenzimmer bevor Mrs Pruse wieder ihre 5 Minuten kriegt."

„Pia, haben wir nicht noch Pause?"

„Nein. Kommst du? Tina?"

Tina war wieder in ihre Gedanken versunken.

„Emmh ja."

„Dann komm."

„Haltet durch Sophie und Romy.", dachte Tina, als sie sich zum Rückweg ins Klassenzimmer aufmachte.

„Bloß gut, du es geschafft hast die Türe aufzuschließen.", sagte Sophie, als wir vor dem Haus standen in dessen Keller wir eingesperrt waren.

„Ich dachte, ich bekomm es nicht mehr auf. Wie lange haben wir gebraucht?" , gab ich zur Antwort.

„Von 8?"

„Ja."

„6h ungefähr. Es ist 14.15."

„Puh. Da haben wir Glück gehabt."

„Mehr wie Glück. Jetzt müssen wir nur noch heil hier weg kommen."

„Welchen Weg nehmen wir?"

„Romy wir befinden uns in einem Waldstück. Irgendwie kommt mir das alles hier bekannt vor."

„Wirklich?" Sophie nickte.

„Hier war ich oft als Kind mit Bill und…", unterbrach Sophie.

„Mit wem?"

„Mary."

„Komisch. Was machen wir hier wo du mit deinen angeblichen Eltern warst?"

„Keine Ahnung. Wir müssen den linken Weg nehmen da sollten wir zu einem Ort kommen."

„Ok."

Wir liefen den Schotterweg in den Wald hinein.

„Was machtet ihr hier?"

„Bill war ja Künstler wie du weißt. Er zog sich hier zurück und malte hier seine Kunstwerke. Oft mit Mary und mir war Bill hier."

„Verstehe. Wann immer?"

„Meistens im Sommer."

„Wo müssen wir jetzt hin?"

Mittlerweile waren wir zu einem asphaltierten Platz gekommen und blieben stehn.

„Gerade aus."

Ich lief los, aber merkte, dass Sophie nich mit kam.

„Was ist los? Kommst du?", fragte ich und ging zu ihr zurück. Bekam aber keine Antwort. „Komm!"

Ich nahm ihre Hand und zog sie.

„Warte! Romy ich muss dir etwas sagen."

Wir bleiben wieder stehn.

„Leg los."

„Du bist meine Tochter."

„Was?"

Ließ ihre Hand fallen bevor ich etwas sagen konnte unterbrach mich jemand.

„Jetzt entkommst du mir nicht mehr, Tina."

Sophie und ich drehten uns um. Ein Mann, genau der Mann der immer bei mir zu Hause war, stand vor uns und zielte mit seiner Pistole auf mich.

Ich schluckte.

„Violetta hat gute Arbeit geleistet."

Sophie und ich sahen uns gegenseitig an. Wie Violetta. Heißt das…

„Sind Sie Violettas Vater?", quoll es aus mir heraus.

„Ja.",gab er mir zu Antwort und lachte.

„So. Nun leb wohl Tina."

„Legen Sie die Waffe weg?", rief eine vertraute Frauenstimme.

Mr Sydney blickte sich um. Sophie und ich auch. Völlig außer Atem stand Tina da. Mr Sydney blickte zu Tina dann zu mir.

„Wie ist das möglich?"

„Ich bin Tina und das ist Romana."

Tina zeigte auf mich. Er lachte hönisch.

„Glaubt ihr ihr könnt mich rein legen. So sterbe alle."

Er wollte wieder abdrücken, doch leider unterbrach ihn wieder jemand.

„Lassen Sie die Waffe fallen!"

Auf der anderen Seite stand Sebastian.

„Was soll das Werden, wenn es fertig ist?"

„Ich sagte, lassen Sie die Waffe fallen."

Zornig schrie Mr Sydney:

„Und ich fragte, was soll das werden, wenn es fertig ist?"

„Ein Canberra Auflauf.", gab Tina darauf und ich grinste.

„So da bin ich, mein Sohn.", sagte eine Frauenstimme.

Eine Frau mit rötlichem gewellten Haar stand vor uns.

„Mary.", entfuhr es Sophie.

„Oh Sophie wie schön dich wieder zu sehen. Du gibst dich immer noch mit den Canberras ab. Ein unartiges Kind bist du. Die Canberras sind einfach falsch."

„Nein."

„Außerdem hab ich dich gewarnt, wie es eine Mutter tut."

Jetzt platzte mir der Kragen.

„Charlotte ist Sophies Mutter."

„Ach ja. Siehst du Sophie sie lügen."

Nun wurde ich wütend, dass Mary versuchte Sophie zu beeinflussen.

„Wer hat im Jahr 1963 sein eigenes Kind umgebracht sowie es verstauscht mit Charlottes, da Charlotte dir Fritz weggenommen hatte."

Sophie erschrak als sie das hörte.

„Du lügst.", rief Mary ernergisch.

„Nein. Charlotte war mal deine Freundin. Und noch was. Im Jahr 1982 hatte Sophie einen Unfall und lag im Koma, doch sie war schwanger. Sie wollten nicht, dass das Kind bei Sophie aufwächst, da sie eifersüchtig waren und Sie wussten, dass das Kind ein Gen hat. Hillary hat Tina groß gezogen. Genauso war das. Tina ist Sophies Tochter."

„Wirklich?" , fragte Tina.

Ich nickte.

Tina sah wütend auf Mary. Dann rastete Tina aus und ging auf Mary zu. Ich sah, wie Tina Mr Sydney seine Waffe hob und abdrücken will.

„Nein Tina!", rief Sophie und ihr rollten die Tränen über ihre Wangen.

„Lassen Sie die Waffe fallen!", befahl eine Männerstimme und hielt ebenfalls eine Waffe in der Hand.

Nun bemerkte ich, dass die Polizei gekommen war. Mr Sydney ließ die Waffe fallen. Zwei Polizisten brachten Tina und Mary auseinander. Dann kamen auf dem Platz Beni und…

„Sam!", sprach Sophie.

„Ihr seid festgenommen wegen mehreren Morden.", rief der Polizist.

Die Polizisten nahmen Mary und Mr Sydney nimmt.

„Vielen Dank, Mr Anderson für den Hinweis. Geht es allen gut? Vorallendingen Miss Canberra und Mrs Self?"

Sophie und ich nickten.

„Und Miss Dolphin beruhigen sie sich. Die Gefahr ist

jetzt vorbei."

„Ich muß ihnen danken Mr. Stone. Ihr habt mir mein ein und alles gerettet."

„Nichts zu danken. Kann ich noch behilflich sein?"

„Nein."

„Ach, grüßt mir Charlotte. Und noch was Miss Canbarra. Vielen Dank für ihre Hinweise mit Mary Bauer. Die Polizei wäre froh, wenn sie jeden Mord so aufdecken könnte. Ihr Gen wäre noch hilfreich. Wollen Sie sich zur Verfügung stellen?"

„Im übrigen Miss Dolphin hätte auch eins."

„Na umso besser. Hier haben Sie meine Visitenkarte." Ich nahm die Karte.

„Wünsche noch einen schönen Tag.Bye."

Wir verabschiedeten uns von Mr. Stone und er lief am Platz entlang.

Sophie fragte Sam: „Hast Du gerade gesagt mein ein und alles?"

„Ja," flüsterte Sam ihr ins Ohr.

Dann küßten sie sich und umarmten sich. Sophie weinte.

„Siehst du Beni. Das habe ich dir die ganze Zeit gesagt." Tina räusperte sich.

„Sebastian, ist es nicht schön, dass unsere Eltern wieder zusammen sind?"

„Was heißt das, die ganze Familie," gab Beni dazu.

Ich wollte nur nach Hause. Sebastian versuchte sich raus zu winden.

„Okay, sollten wir nicht zu Granny?"

„Oh ja, die haben wir fast vergessen, denn sie liegt im Bett."

„Was ist mit Granny, Tina?"

„Als Mum und Du entführt wurden hatte sie einen

Zusammenbruch."

Ich machte ein besorgtes Gesicht.

„Dann sollten wir zu Ihr."

„Wie bringen wir die Zwei auseinander?"

„Warte Beni, ich hab eine Idee."

Sebastian, Beni und ich sahen zu Tina. Sie will pfeifen.
Tina nahm zwei Finger in den Mund. Dies machten wir
drei auch. Auf Ihr Kommando pfiffen wir. Spohie und
Sam reagierten sofort.

„Ja."

„Wir sollten zu Granny."

Sam sah auf seine Uhr als ich dies sagte.

„Oh ja, kommt.",

Mit Sophie an der Hand lief Sam vor uns und wir folgten
Ihnen.

Völlig außer Atem kam ich in Grannys Schlafzimmer an.
Sie lag da und schlief.

„Granny!"

Brachte ich hervor und lief zu ihr. Grandma blinzelte und
sah mich an.

„Romana!"

Ich umarmte Sie.

„Wie bist du der Bande entkommen," fragte sie mich.

„Das spielt jetzt keine Rolle. Hauptsache ich bin wieder
da."

Tränen rollten mir über die Wangen. Granny sah mich an
und wischte mir die Tränen weg.

„Oh, warte!"

Sie befeuchtete ihren Daumen und fuhr damit über meine
Wange.

„Was habe ich da?"

„Ein schwarzer Fleck."

„Oh!"

Dann mussten wir lachen. Doch jetzt hörte ich Stimmen.

„Wo ist meine Tochter," schrie Caroline.

„Warte Caroline."

Diese Stimme war von Sam. Außer sich vor Wut stand Caroline da mit Sam gefolgt von Sophie.

„Siehst du, hier ist Romana," sprach Sam.

„Mein Kind!"

Caroline zudrückte mich fast, als sie mich umarmte. Ich schnitt nur eine Grimasse zu Sophie und Sam.

„Könntest Du mich bitte loslassen, ich bekomme fast keine Luft."

„Ja."

Ich stand auf vom Bett.

„Romana, sag mir ist das wahr, daß du entführt wurdest," fragt Caroline.

„Nicht nur ich auch Sophie."

Caroline sah zu Sophie.

„Wir wussten nicht ob wir lebendig da wieder rauskommen. Dank Dad habe ich gelernt mich zu verteidigen und auch andere. Und durch das Gen habe ich nunmal die Wahrheit herausgefunden."

„Mum!"

„Beschuldige nicht Granny dafür, Caroline. Es war Grandpa, der wollte, daß du es weißt. Außerdem habe ich mit dem Ganzen nicht nur mich gerettet, sondern auch das Leben aller Canberras."

Caroline musste schlucken.

„Heißt das du hast die ganze Familie beschützt?"

„Nicht nur die ganze Familie, sondern auch meine

Freundinnen. Aber ohne die Hilfe von Prisella, Pia, Tina, Julia, Neil, Granny…"

Ich setzte es unter Anführungszeichen:

"Sophie und Sam". Ohne die beiden wäre ich nicht mal hier, oder wüßte nicht mal wer ich bin."

Sophie lächelte.

„Bitte sei nicht mehr böse."

Caroline nickte.

„Ich brauche frische Luft, danach könnt ihr mir die ganze Geschichte erzählen," sprach Caroline und verließ das Zimmer.

Dann meldete sich Sophie zu Wort:

„Wir sind stolz auf dich."

„Wirklich?"

„Ja "

Ich ging zu Sophie und umarmte sie.

„Danke, daß ihr mir endlich die Wahrheit gesagt habt. Apropos. Was ist eigentlich passiert, als die Ringe zusammen waren?"

Sam kratzte sich am Kopf.

„Ist etwas schiefgelaufen?"

„Nein."

„Du hast Mary mit ihren eigenen Waffen geschlagen, um mich zu beschützen."

„Warte mal."

Ich überlegte.

Ich habe Sophie beschützt aus Liebe zu Ihr. Sophie und Dad sind wieder zusammen. Pia, Prisella und ich retteten Tina. Moment mal, jetzt weiß ich was passierte als die Ringe zusammen waren. Es wird etwas Wunderbares geschehen.

„Ich habe die Lösung auf das, es wird etwas

Wunderbares geschehen."

„Was?" fragten alle Drei.

„Seht euch beide an, dann wisst ihr die Antwort. Das war Louise Maries Plan. Ich muß zu den anderen. Ich warte im Wohnzimmer."

„Unsere Tochter ist doch klug."

„Siehst du Sam."

Granny stand in dem Moment auf. Dann verließ ich das Zimmer.

Kapitel 15
Vereint

Auf meinen Platz ließ ich mich plumpsen. Endlich wieder
Schule nach den schlimmen Tagen. Prisella und Pia nahmen neben mir Platz. Michelle kam ein paar Minuten
später

„Erdlich sind wir wieder komplett," sagte sie.

„Das stimmt."

Irgendwie verstand ich Michelle nicht. Vor einigen Tagen
haben mir alle erzählt, Tina wäre für mich hier gewesen.
Doch wer wußte alles von dem?

„Guten Morgen, Romana gottseidank du bist wieder
da."

Diese Stimme war mir bekannt. Natürlich es war Mrs.
Gigi. Ich lächelte.

„Freue mich auch."

„Hast du dich gut erholt?"

„So lala."

„Und Sophie?"

„Sie kennen sie doch?"

Pia, Prisella und Michelle kicherten.

„Das stimmt."

„Sie hat sich auch gut erholt."

„Das freut mich, sagt ihr ganz liebe Grüße von mir."

„Werde ich ausrichten."

Nun wendete sich Mrs Gigi zu der ganzen Klasse.

„Fangen wir an."

Die Stunden gingen schnell vorbei. Prisella, Pia und ich versorgten die Ordner im Spind, auch Violetta kam. Ganz freundlich begrüßte sie mich: „Hallo Romy!"

„Hallo Violetta!"

„Wollte mich noch bei euch entschuldigen, aber auch vor allem bei dir, Romy, für meine Arroganz. Hab nicht gewusst, dass ihr Canberras alle Opfer meiner Granny und Dad ward. Das tut mir leid."

Prisella versuchte mit ihren Blicken mir was zu erklären. Verstand es nicht.

„Schon gut."

Ich nahm sie in den Arm.

„Danke! Ohne dich wären meine Mum und ich immer eingesperrt."

„Gern geschehn."

Danach liefen Pia, Prisella und ich aus der Schule. Ich sah auf den Parkplatz. Auf dem Parkplatz standen Tina und Lucas.

„Guckt mal."

„Nee, Romy."

„Doch Prisella. Tina hat ihren Freund aus ihrer Jugendzeit wieder. Hier fing ihre Geschichte an."

„Wollen die beiden nicht zu unseren Familienfeier kommen bei dir?"

„Wartet!"

„Was machst du?"

„Passt auf."

Ich piff und die beiden reagierten.

„Hallo Schwesterherz! Willst du nicht zur Familienfeier kommen?"

„Doch. Lucas und ich kommen gleich. Geht schon mal

vor."

„Okay. Bis dann."

Pia, Prisella und ich liefen zur Downstreet. Das erste Mal
wieder seit langem hier lang zu laufen, ohne verfolgt zu
werden freute mich. Im Haus schmiss ich die Schultasche
an die Treppe und rannte ins Wohnzimmer. Im Wohnzimmer befanden sich so viele Leute. Pias Großeltern Jane
und Roger, Tina Lion, Mrs Turner mit deren Kinder,
Granny, Julia, Nil, Beni, Sebastian, Sam und… Wo waren
Sophie und Caroline?

„Dad wo sind Mum und Caroline?"

„Im Sankt Williams Park."

„Ok."

Ich sah zur Seite. Moment. Was macht das Klavier hier?
Aber wenn das Klavier ist fehlt da noch jemand. Pia kam
gerade rein.

„Hier fehlt jemand."

„Und wer?"

„Wer wohl."

„Ahh. Ich weiß wen du meinst."

„Es würde Granny sicherlich freuen. Kommt."

„Wo wollt ihr hin?", fragte Sam.

„Sind gleich wieder da, Dad."

„Was alle nur haben."

Ich lächelte, denn ich wusste was er meinte. Mum, Tina
und ich. Dann gingen wir. Prisella hatte gewartet auf uns
bei der Tür.

„Wo ist mein Grandpa überhaupt?"

„Pass auf."

Wir liefen Richtung Park. Da entdeckte ich Mum und
Caroline.

„Seh ich das richtig."

„Ja, Prisella."

„Lassen wir die beiden. Holen wir Grandpa."

Bei einem Blumengeschäft fanden wir Grandpa. Grandpa entdeckte mich sofort.

„Romana!"

„Grandpa!"

Ich umarmte Grandpa.

„Ich freu mich dich zu sehn."

„Ich mich auch. Gehen wir zu Granny und versteck dich nicht mehr."

„Okay. Warte! Diesen Rosenstrauß nehme ich Granny mit."

Grandpa nahm den Strauß Rote Rosen und zahlte.

Zu Hause sagten wir Grandpa er soll warten. Im Wohnzimmer suchte ich nach Granny. Mittlerweile waren Tina, Lucas, Caroline und Sophie zurück. Alle standen da und feierten. Mit Sekt um anszutoßen. Endlich fand ich Granny. Als sie sich umdrehte, stand Grandpa in der Tür. Granny sah ihn an und lächelte.

„Fritz!", rief sie und rannte zu ihm

Pia und Prisella stellten sich neben mich.

„Mission erfolgreich beendet.", sprach Pia.

„Ja."

„Was habt ihr erfolgreich beendet?" ,fragte Tina.

„Unsere Mission."

„Das stimmt."

Sophie und Sam kamen zu uns.

„Wart ihr das?", fragte Sophie.

Tina, Pia, Prisella und ich nickten.

„Granny ist überglücklich. Jetzt müssen wir beide euch

noch etwas sagen."

Beni und Sebastian gesellten sich auch zu uns sowie Julia.
Sophie sah Sam an und er nickte.

„Wir beide werden heiraten."

Ich strahlte über das ganze Gesicht und umarmte meine
Mum. Ich flüsterte Sophie ins Ohr:

„Ich freu mich so für euch."

Meine Geschwister freuten sich natürlich auch.

„Im Übrigen, einen lieben Gruß von Mrs Gigi"

„Danke! Richte ihr auch einen lieben Gruß aus, wenn
du sie siehst."

Dann küssten sich Sophie und Sam. Auf einmal kam ein
Mann mit Mum herein. Alle drehten sich um.

„Ist das Carolines Liebhaber?", fragte Sam Sophie.
Sophie sah Sam an und zuckte mit den Schultern. Der
fremde Mann lief auf Nil zu. Ich runzelte die Stirn. Was
will der Mann von Nil? Nil sah den Mann mit großen
Augen an.

„Hallo Nil! Nun möchte ich meinen Pflichten nach
kommen. Deine Mum umd ich wir kennen uns seit der
Schule. Du bist mein Sohn."

Pia, Prisella und ich sahen uns an. Prisella rief:

„Ein Happy End für Nil."

Sam sah Prisella entgeistern an.

„Wieso war doch klar, dass du nicht der Vater bist von
Nil."

„Stimmt."

Musste schmunzeln bei diesen Satz von Prisella, denn sie
zu meinen Dad sagte. Nun brachte ich den Mut auf, ging
zu diesen fremden Mann und fragte:

„Wer sind Sie?"

Er stand von seiner Hocke auf.

„Ich bin Tom Pub. Und du?"

„Romana Canberra. Die Schwester von Nil. So sind Sie Nils Dad."

Tom nickte.

„Und mein Freund.", fügte Caroline hinzu und sie küssten sich.

Ich flüsterte Nil zu:

„Viel Spaß in deinem neuen Leben."

Nil nickte: „Bei deinem auch."

„Danke. Werde ich haben."

So ist Nil doch nicht mein Bruder, sondern mein Cousin. Zuckte mit den Schultern und lief wieder zu Mum, Dad, Geschwistern und Freundinnen. Ein kling kling von Granny unterbrach unser Gespräch. Sie wollte eine Ansprach halten.

„Danke dass ihr so zahlreich erschienen seid. Die Canberras haben viel durchgemacht in den letzten Monaten, Wochen und Tagen. Aber einem Kind möchte ich besonderes danken für ihren Mut. Sie hat vieles rausgefunden und aufgedeckt. Viele Geheimnisse gelüftet, von denen keiner wusste. Sich in Gefahr begeben für ihre Familie."

Granny sah mich an.

„Romana komm."

Ich lief zu Granny und sie umarmte mich.

„Eigentlich muss ich euch danken und nicht ihr mir. Denn ohne euch alle hätte ich sovieles nicht herausgefunden. Und alles fing mit meiner Mum an. Wär sie nicht gewesen wüsste ich bis heute noch nicht die Wahrheit. Unsere Vorfahrin Louise Marie von Preußen hatte ein Ziel, wenn alle Ringe zusammen sind. Man hat mir immer gesagt es wird etwas Wunderbares geschehn. Und jetzt weiß ich was es bedeutet hat. Wir alle und ich haben aus Liebe Dinge gemacht, die sonst keiner getan hätte. Das war das Ziel von Louise Marie. Aus Liebe Dinge tun. 3-mal sah ich dem Tod ins Auge während dieser Mission. Durch das letzte Mal hab ich zwei Menschen wieder zusammen gebracht, die sich lieben. Meine Eltern. Aber auch meine Geschwister habe ich dadurch gefunden."

Alle applaudierten.

„Nicht nur meiner Familie danke ich, sondern auch meinen besten Freundinnen Prisella und Pia. Ohne euch beide wär so einiges schief gelaufen."

Grandpa setzte sich ans Klavier und meine Freundinnen kamen zu mir. Alle drei hielten wir unsere Hände in die Mitte.

„Best Friends forever."

Dann sah ich zu Sophie. Sophie lächelte nur. Nun überwand ich mich und ging zu ihr.

„Das hast du wunderschön gesagt."

„Sophie und ich wollten dich noch etwas fragen."

„Fragt."

„Möchtest du hier wohnen bleiben oder zu uns ziehen?"

„Was denkt ihr?"

Sophie sah zu Sam dann wieder zu mir.

„Ich weiß wo."

„Hier ist ja alles wieder komplett und wir brauchen keine Angst mehr zu haben. Deswegen möchtet bei euch bleiben."

Jetzt lächelten beide.

„Apropos. Tina."

„Ja."

„Wo ist eigentlich der große Ring mit den ganzen Zeitreiseringen?"

„Im Arbeitszimmer. Wieso fragst du?"

„Es sollte doch jeder Zeitreisende seinen Ring wiederbekommen, denn es kann keiner so reisen wie ich."

„Das stimmt. Welche Ringe sollten wir dann holen?", fragte Julia.

„Grandpas, Tina Lions, Mrs Turner, Pias und Tinas natürlich."

„Und deiner?"

Ich gab keine Antwort darauf.

„Miss Anderson was haben sie schon wieder vor?", fragte Sophie.

„Mrs Anderson wir haben ein Problem. Mir ist gerade schwindlig.", log ich.

„Oh!"

„Ein Besuch bei Lady Church wär ja nicht schlecht oder bei eurer jüngeren Ausgabe."

„Romana!", riefen alle.

„Fangt mich doch wenn ihr könnt."

Genau in dem Moment fing Grandpa an zu spielen und ich ging. Alle folgten mir.

„Romana Anderson du kleines Luder. Musst wohl doch was von deiner Mum haben.", sprach Sam.

„Wartet hier! Ich weiß, wo sie hin will.", sagte Sophie. Alle nickten.

Ich stand an der Wand vor dem Wohnzimmer und hörte alles. Sophie entdeckte mich sofort. „Was hast du vor?"

„Muss man nicht noch den Lindenbaum verschönern." Sophie lachte jetzt.

„Ja. Na, komm. Wenn dir das ein Anliegen ist."

„Danke Mum!"

Sie nahm mich in den Arm.

„Gehen wir den Lindenbaum verschönern."

Mit Mum verließ ich das Haus.

Epilog
Im Park

„Wollen wir hier hingehen?", fragte Caroline.

„Du meinst in den Sankt Williams Park.", gab Sophie
zur Antwort.

Caroline nickte.

Auf der Wiese im Park ließen sie sich nieder.

„Wegen was wolltest du mich sprechen?"

„Sophie ich muss mich bei dir entschuldigen."

„Schon gut."

„Nein ist es nicht. Wir hätten vorher schon etwas über
das Zeitreisegen wissen müssen, da hätten wir Romy
besser beschützen können, anstatt zu streiten."

„Unser Dad wollte es uns nicht sagen. Dies war das
Problem."

„Bis vor fünf Monaten wussten wir nicht mal, dass wir
Geschwister sind. Ohne Romy wüssten wir es immer
noch nicht. Und wegen Sam. Ich wollte ihn dir nie
wegnehmen."

„Das ist vergessen, Caroline."

„Romy fehlt mir jetzt schon. Sie hat mir, was heißt uns
allen geholfen. Alle Familiengeheimnisse zu lösen. Was
sicherlich nicht einfach war und sich noch in Gefahr
 begeben hat wegen uns."

„Caroline, wir wussten nicht wie wichtig Sam nach
Dads Tod war. Romy wäre umgekommen, wenn sie
nicht die Streits ausgelöst hätte. Tina half ihr in der Zeit
sowie Prisella, Pia, Julia, Granny, Grandpa, Sam und

ich. Im 18. Jahundert Lady Church. Ohne diese guten Freunde hätte sie nie allein die Bande überlistet und Tina gerettet."

„Sie hat Tina gerettet mit ihren Freundinnen, da sie nicht immer verwechslt werden wollte und Tina Lucas liebte genau wie Lucas sie. Dass Tina meine Tochter ist hat mich sehr verwirrt im ersten Moment, aber dann wurde es mir bewusst, wegen einem Unfall konnte ich mich erinnern."

„So ging es mir auch, als heraus kam, dass du Romys leibliche Mutter bist."

„Es musste nur so sein. Eigentlich hätten wir es merken müssen, dass Romy und Tina Geschwister sind, da Romy aussah wie Tina. Lucas ist es sofort auf Gefallen und Dad sicherlich auch. Romy hat es am Anfang auch nie realisiert, weil sie nichts von Tina wusste."

„Ich denke keiner weiß wie sich Romy gefühlt hat mit dem Zeitreisegen. Das einzige was ich mich immer noch frage wie sie das alles mit dem Zeitreisegen raus gefunden hat."

Sophie musste lachen.

Caroline runzelte die Stirn.

„Warum lachst du?"

„Du sagtest immer die Visionen von Mum seien Hirngespinnste sowie den Gruß von Dad, den Romy Mum ausgerichtet hatte bei jenem Abendessen."

„Das heißt Mum und Dad haben ihr geholfen."

Sophie nickte.

„Mein Gott bin ich blöd gewesen.", sprach Caroline und hielt sich die Hände vor den Kopf.

„Bist du nicht. Aus menschlicher Sicht war es völlig richtig."

„Im Ernst?"

„Ja."

Beide mussten lachen. Nach ihrem herzhaften Lachen sahen sie sich nur an. Caroline brach das Schweigen:

„Es ist doch gut eine Schwester zu haben. Apropos. Bist du mit Sam wieder zusammen?"

„Ja."

„Mögen Beni und Sebastian ihn?"

„Beide, ist ja schließlich der Vater der beiden. Wir sollten zurück. Romy, Pia und Prisella kommen jetzt ."

„Auch im Übrigen, wenn sich Romy für euch entscheidet so darf sie bei euch wohnen."

„Im Ernst?"

Caroline nickte.

Sie standen auf und liefen zu Charlotte Canberras Haus.

Dank

Ich danke allen die mich unterstüzten und für mich da sind, wenn ich sie brauche. Die auch in meiner sehr schwierigen Zeit mir bei gestanden sind.
Erst wollte ich bei diesem Teil aufhören, aber nachdem meine Schwester immer und immer wieder nach gefragt hat, geht es nun weiter mit den Canberras.

Danke auch an die, die schon die Manuskripte für die Bücher gelesen haben und sofort begeistert waren.

Eure

Anna Fink